KiWi
PAPERBACK
1005

Das Buch:

Pepsi und Hot Dog jobben als Parkplatzwächter, Nataschas Agentur »Amour Transit« vermittelt heiratswillige Frauen ins Ausland, und der Erzähler ist Scharfschütze beim örtlichen Atomkraftwerk. Vier Loser aus einem Kaff irgendwo in Russland, die nur an das Fernsehen und die Werbung glauben: »Wir leben in einer Comic-Welt. Und wer wird uns retten? Ein Mutant im Latexanzug?«

Der Fußball vielleicht: Die russische Nationalmannschaft steht im Finale der Europameisterschaften, und die vier sind vor dem geklauten Fernseher mit dabei. Russland hat die Chance auszugleichen, aber der Schiedsrichter gibt den entscheidenden Elfmeter nicht. Die Freunde beschließen, den »Unparteiischen« umzulegen und fliegen von ihrem letzten Geld nach Antalya, wo er Urlaub macht. Die Versuchungen der Minibar im »All-inclusive«-Hotel und die spontane Idee, in der Stripteasenummer der baltischen Tänzerin Ilse mitzumachen, lenken sie eine Weile ab. Doch schließlich nimmt ihr Plan Gestalt an: Das Attentat soll in der Sauna verübt werden, mit einem Bogen von der Schießbude und einer tödlichen Pfeilspitze aus Amalgam …

Die Autoren:

Oleg und Wladimir Presnjakow, 1969 und 1974 als Söhne russisch-iranischer Eltern in Jekaterinburg (Ural) geboren, sind die Begründer eines Studios für neues experimentelles Theater. Ihre Stücke sind sowohl Produkt der Popkultur als auch subtile Gesellschaftskritik und spiegeln zugleich die politische, mentale und soziale Verfassung nicht nur des heutigen Russland, sondern der gesamten globalisierten Welt wider.

Die Übersetzerin:

Olga Radetzkaja, geboren 1965, arbeitet als freie Übersetzerin, vor allem aus dem Russischen. Sie übersetzte u. a. Werke von Pavel Florenskij, Irina Denežkina und Pavel Lembersky und ist Koautorin des Dokumentarfilms »Spurwechsel. Ein Film vom Übersetzen« (2003).

Brüder
Presnjakow

Tötet den Schiedsrichter

Roman

Aus dem Russischen von
Olga Radetzkaja

Kiepenheuer & Witsch

Die Arbeit der Übersetzerin am vorliegenden Text wurde vom Deutschen Übersetzerfonds gefördert.

1. Auflage 2007

Titel der Originalausgabe: Ubit' sud'ju

Aus dem Russischen von Olga Radetzkaja

Umschlaggestaltung: Barbara Thoben, Köln
Umschlagmotiv: © Privatbesitz der Autoren
Gesetzt aus der Trump Mediaeval
Satz: hanseatenSatz-bremen, Bremen
Druck und Bindung: Clausen & Bosse, Leck
ISBN 978-3-462-03940-5

Für alle, die immer bei uns sind

Warum steigt jemand heute noch in ein Flugzeug? Der Arbeit wegen? Totaler Schwachsinn. Um jemanden zu treffen? Quatsch. Nein, genau genommen gibt es so gut wie keinen Grund, warum Leute Geld dafür bezahlen sollten, dass sie für eine gewisse Zeit grässliche Angst haben. Materialschäden, Terroranschläge, schlechte Wetterverhältnisse – von Sicherheit kann mit achtzigprozentiger Wahrscheinlichkeit überhaupt keine Rede sein. Gut, die Flugzeuge werden von Technikern gewartet, das Wetter »bestimmen« die Metereologen per Satellit, und die Passagiere werden kontrolliert – neuerdings lassen sie einen sogar in Socken und ohne Gürtel im Flughafen herumspringen, aber das ist keine Garantie. Einer hat sich an der Sicherheitskontrolle geweigert, seinen Gürtel auszuziehen, er meinte, in Gegenwart von Frauen sei das erniedrigend. Warum er das findet? Danach hat ihn keiner gefragt, sie haben ihm schlicht den Gürtel abgenommen und ihn durchgelassen, dabei geht es ja gar nicht um den Gürtel, sondern um den Kopf: Man kann einen Menschen bis auf die Haut ausziehen und nackt ins Flugzeug schicken, aber was ist mit seinen Fantasien und Vorstellungen, die sind doch die größte Gefahr. Ich würde auf keinen Fall einen Passagier ins Flugzeug lassen, der so über Gürtel und Frauen denkt … Nein, garantiert gehen diese

Fluggesellschaften bald alle pleite, fünf bis sieben Jahre vielleicht noch, dann ist Schluss – wenn es so weitergeht wie bisher natürlich: Der Terrorismus kommt auf Touren, das Zeitalter der Luftfahrt geht zu Ende ... Ich habe gehört, die Forschung arbeitet an einer neuen Generation von Wanzen, die sich vor einem Flug in unserem Arsch festsetzen sollen. Die Wanzen kontrollieren die Schweißproduktion: Bei starker Ausscheidung senden sie ein Signal an das Flughafen-Sicherheitszentrum und der Passagier muss sofort aussteigen. Schweiß heißt Angst, schwarze Gedanken ... alles hängt nämlich zusammen, je schwärzer einer denkt, desto mehr schwitzt er. Die Wanzen werden unseren Niedergang aufhalten.

Das Flugzeug landet schon, und mir geht immer noch lauter Blödsinn durch den Kopf – aber besser das, als Angst haben. Ich war schon immer der Meinung, dass blöde Gedanken besser sind als Angst, deshalb sollte es keine Zensur geben, ich meine, keine innere Zensur. Jede Art von Gedanken sollte erlaubt sein, um die Zeit zu vertreiben, die Zeit, in der man Angst hat.

Ich habe eine blaue Aura. Das ist erwiesen, ich weiß es von so einem homöopathischen Arzt, der bei uns Vorlesungen gehalten hat, in dem Atomkraftwerk, wo ich als Scharfschütze arbeite. Er war ein Anhänger von Nikolaj Roerich ... hatte in Pakistan ein Gerät gekauft, das die menschliche Aura misst. Jeder Mensch hat nämlich eine Aura, also das ist die Energie, die nicht mehr im Körper bleiben kann, die sickert dann tröpfchenweise aus dem Rumpf nach außen und umgibt ihn wie eine Art Hülle – so habe ich das jedenfalls verstanden –, und diese Aura hat bei jedem eine andere Farbe. Meistens ist sie gelb, grün oder rot, aber meine ist indigoblau, wie eine Jeans. Der Arzt hat gesagt, früher einmal sei das eine sehr seltene Aurafarbe gewesen, aber ich bräuchte keine Angst zu haben, inzwischen sei das bei jungen Leuten fast schon die Regel. »Was Ihr Blau bedeutet, junger Mann? Sie gehen mit Älteren um wie mit Gleichrangigen, Sie halten sich nicht an die bestehenden Normen, Sie wollen die Welt neu erfinden, neue Religionen gründen, philosophische Strömungen – die Französische Revolution wurde von Menschen mit indigoblauer Aura gemacht. Genau diese Menschen haben alle großen Zivilisationen auf der Welt geschaffen.«

Das mit den Zivilisationen ist krass, aber eine Revolution, auch wenn es nur die Französische ist ... Unser Direktor, Stanislaw Olegowitsch, ist sofort nervös geworden – das Atomkraftwerk ist immerhin ein geheimes Objekt, in unsere Stadt wird man nur mit Sondererlaubnis reingelassen, und da komme ich, einer der Scharfschützen des Kraftwerks, auf einmal mit so einer Aura an ... Aber eines ist mir klar geworden: Das stimmt zwar vielleicht nicht in jedem Fall, aber anscheinend hängt schon viel von dieser Aurafarbe ab. Man sagt ja auch, dass bestimmte Farben nicht zusammenpassen: Der eine kann sich gar nicht in meiner Nähe aufhalten, dem anderen gehe ich auf die Nerven, mache ihn nervös, ein dritter kann meine Farbe nicht einmal sehen, und mich dementsprechend auch nicht – ein Farbenblinder zum Beispiel ... Ich will gar nichts verändern, nur um mich herum verändert sich so viel – und wer ist schuld? Die Erde ist auch blau, vom Weltall aus gesehen. Aber aus der Nähe sieht sie ganz anders aus, durchaus bewohnbar. Und die Menschen haben sich irgendwie angepasst – genau wie an mich, an mich haben sie sich auch gewöhnt und lassen mich in Ruhe. Mein Arbeitsplatz, meine Geschäftsstelle ist ein kleines Dachzimmer im Wachturm vor dem Haupttor des Kraftwerks. Ich nehme mein Gewehr, stelle das Zielfernrohr ein – im Prinzip muss ich immer einsatzbereit sein, wenn ein Fremder auf dem Gelände auftaucht, darf ich sogar schießen. Neben mir steht ein Telefon, ich kann den Chef des Wachdienstes um Rat fragen, bevor ich schieße, aber ich rufe nie jemanden an und schieße nie. Ich ziele nur. Ich schaue durchs Zielfernrohr zu, wie die Arbeiter zur Arbeit kommen, zum Mittagessen gehen, vom Mittagessen zurückkommen. Mir ist klar, dass ich nur einmal kurz die Nerven verlieren müsste, und ich könnte ein paar Sekunden lang Gott sein: die Probleme von zwei, drei Arbeitern ein für alle Mal lösen – obwohl, mein Gewehr hat einen Dämpfer, ich könnte sie auch alle umlegen während meiner Schicht … aber das reizt mich nicht, Gott sein ist uninteressant. Meistens richte ich das Gewehr auf Stanislaw Olegowitschs Fenster. Ich kenne ihn in- und auswendig, ich weiß, was er isst und wie viele Löffel Zucker er in den Tee tut … und ich kenne noch eine Angewohnheit von ihm, eine sehr intime: Wenn er viel zu tun hat – schreiben, irgendwelche Formulare ausfüllen und so –, dann kratzt er sich unterm Arm und riecht danach an seinen Fingern. Und so was nennt sich Führungskraft! Eine widerliche Angewohnheit, immer wenn er das macht, habe ich große Lust, den Abzug zu drücken. Jetzt weiß ich, dass das alles von der Farbe meiner Aura kommt. Im Flugzeug sitze ich übrigens, weil ich nach Antalya fliege, um den Schiedsrichter zu töten.

Alles hat im Juli angefangen. Die Fußball-Europameisterschaft ging gerade zu Ende. Zum ersten Mal, seit ich denken kann, hatte unsere Mannschaft es bis ins Finale geschafft. Es war der Tag, an dem wir die Chance hatten, Europameister zu werden. Das glaubten wir zumindest. Nach meiner Schicht im Kraftwerk ging ich zu meinen Freunden auf den Parkplatz, das Spiel gucken. Meine Freunde heißen Pepsi und Hot Dog. Wir sind zusammen zur Schule gegangen und danach auf die Atomfachschule – allerdings nicht lange. Das Kraftwerk wollte sie nicht nehmen, weil sie drogensüchtig sind. Also haben sie bei einem bewachten Parkplatz als Wächter angeheuert. Ihre Bude war immer mit Haushaltstechnik vollgestopft. Ich habe nie gefragt, wieso und woher sie das alles hatten, ich habe das Zeug einfach benutzt, solange es da war, denn nach kurzer Zeit verschwand alles wieder. Mikrowellen, Wasserkocher und ein Berg Mobiltelefone, die andauernd klingelten – aber keiner ging ran. Jetzt hoffte ich, dass der Fernseher noch da war, den sie neulich bekommen hatten. Wir hatten nämlich abgemacht, dass wir das Finale zusammen gucken wollten.

»Weißt du«, sagte Pepsi zu mir, als dieser Fernseher bei ihnen landete, »die Dinge kommen und gehen. Sie ziehen vom einen zum anderen, und Hot Dog und ich, wir sind nur die Karawanenführer. Wir begleiten die Dinge auf ihren seltsamen Wegen. Aber dieser Fernseher hier, der wird bis zum Finale bleiben, bis zum Sieg unserer Mannschaft, das verspreche ich dir!«

Die Jungs hatten Wort gehalten. Ihr Kabuff stand offen, aber weder Pepsi noch Hot Dog waren anwesend. Der Fernseher war noch da, er lief. Auf dem Tisch lagen Geldscheine und Quittungen und irgendein Führerschein herum. Ich guckte ein bisschen Werbung. Das mache ich extra, ich zappe durch die Programme und gucke Werbung. Keine Filme, keine Cartoons – außer vielleicht mal *Pinkie and the Brain* –, nur Werbung. Ich habe gehört, Werbung macht einen kirre, Werbung macht Zombies aus uns, damit wir konsumieren. Ich kann nicht essen, ich mag das Zeug nicht, das bei uns im Supermarkt verkauft wird – ich habe das Gefühl, das ist alles Gift. Und dann diese abartigen Klamotten. Ich kaufe sehr ungern Klamotten, eigentlich nur, um nicht zu frieren. Ich wäre gern ein Zombie – dann könnte ich endlich das Leben genießen. Appetit, wenigstens Appetit hätte ich wieder, ich könnte mit Lust essen, einfach irgendein Stück Essen runterschlucken und spüren, dass ich vor gar nicht langer Zeit noch hungrig war und jetzt satt bin – auch wenn das nur eine Illusion ist, das macht nichts. Ich möchte Geld verdienen, um es wieder auszugeben, deshalb gucke ich Werbung, nur Werbung. Irgendwann sind Pepsi und Hot Dog dann zurückgekommen. Sie waren unterwegs gewesen, um Benzin aus den geparkten Autos abzuzapfen. Das Einmachglas in Pepsis Hand enthielt allerdings eine Flüssigkeit, die nicht wie Benzin aussah.

»Jemand hat einen Biertankwagen über Nacht abgestellt, willst du?«

»Ja.« Ich hatte auf einmal das Bedürfnis, den Jungs zu helfen. Mir war klar, dass in ihrem Leben etwas schieflief. Dass sie irgendwie im Abseits standen, selbst im Vergleich zu mir. »Hört mal, also ihr zapft hier doch Benzin von den Autos ab?«

»Richtig!« Pepsi nahm einen Schluck aus dem Einmachglas, gurgelte und spuckte aus. Sein ganzer Mund war voll Benzin, er war derjenige, der das Benzin aus den Tanks mit einem Schlauch absaugte. Hot Dog tat das nie, er hatte Gastritis. Er konnte keinen Schlauch in den Mund nehmen, weil Schläuche ihn an Magenspiegelungen erinnerten. Hot Dog bekam sofort Brechreiz davon.

»Und das Benzin verkauft ihr?«

»Ja.«

»Und dabei ...«, ich drosselte mein Tempo und überlegte, welchen Rat fürs Leben ich meinen Freunden bloß geben könnte, um sie irgendwie aus ihrem Abseits herauszuholen. »... und dabei ... lasst ihr die Tür zu eurem Kabuff offen stehen, obwohl hier genau das Geld rumliegt, das ihr mit dem Abzapfen verdient! Es braucht nur jemand reinzukommen und ihr seid die Kohle los, und dann ...«

»Wir haben ein Gewehr!« Hot Dog holte aus dem Schrank ein Gewehr. »Ein gutes Gewehr.«

Wie immer fragte ich nicht, woher sie dieses gute Gewehr hatten. Wir tranken Bier, ließen uns auf das Sofa fallen und spielten mit dem Gewehr herum. Wir nahmen es abwechselnd in die Hand, taten, als würden wir zielen und abdrücken. An der Tür hing ein Werbeplakat der Firma HP: der grüne Trickfilmheld Shrek mit dem Logo der Firma. Sie versprachen uns ein besseres Leben, ein besseres Leben mit HP-Geräten würden wir haben, und Shrek war unsere große Hoffnung. Ich zielte auf Shrek und drückte ab. Im selben Moment ging die Tür auf. Draußen stand der erschrockene Besitzer eines weißen Lada, der sein Auto in Pepsis und Hot Dogs wachsame Obhut geben wollte. Das Gewehr war geladen. Hätte ich das gewusst, dann hätte ich natürlich nicht geschossen, besser gesagt, nicht abgedrückt. Ich hatte einfach nicht gefragt, ob es geladen war, es hatte mich nicht interessiert. Pepsi schlug in letzter Sekunde gegen den Gewehrlauf. Shrek überlebte, der Besitzer des weißen Lada auch.

»Sagt mal, habt ihr sie noch alle, Jungs?« Dem Mann war wahrscheinlich nicht ganz klar, dass sein Leben gerade an einem seidenen Faden gehangen hatte, oder vielleicht war er daran so gewöhnt, dass es ihn nicht weiter aufregte. In unserer Stadt gibt es viel Kriminalität: jede Nacht zwei bis drei Raubüberfälle, acht Einbrüche, fünf Brandstiftungen, auch Mord kommt vor. Autobesitzer haben auf die eine oder andere Weise immer mit der Welt des Verbrechens zu tun. Selbst wenn einer das Geld für sein Auto mit ehrlicher Arbeit verdient hat, was wahrhaftig nicht einfach ist, hat er es garantiert bei einem dieser Gangster gekauft, die Autos klauen und billiger weiterverkaufen, und selbst wenn er es ehrlich erworben und finanziert hat, dann wird es hinterher geklaut – man kommt also wohl oder übel mit der Verbrecherwelt in Berührung, wenn man in unserer Stadt lebt und ein Auto besitzt.

Es war Hot Dog, der die Situation rettete. Er hielt dem Mann eine Quittung hin, kassierte die Parkgebühr für die Nacht, kurz, er holte ihn zurück in den gewohnten Lebenskreislauf.

»Pepsi, Pepsi, ich bin dir wirklich dankbar!« Der Mann war weg, und ich kam langsam wieder zu mir.

»Nicht der Rede wert …« Pepsi war in diesem Moment stolz auf sich und schön wie ein Gott, der sich soeben in das Leben von gleich zwei Menschen eingemischt hatte, und zwar *schön* eingemischt, deshalb war er auch ein schöner Gott.

»Ich möchte auf keinen Fall zufällig jemanden umbringen. Ich meine einfach so, ohne Vorbereitung, irgendwen, den ich nicht kenne, wer weiß, vielleicht ist der Typ ganz nett –«

»Wir müssen ihm noch das Benzin abzapfen.« Pepsi nickte Hot Dog zu.

Hot Dog sah aus dem Fenster.

»Er ist weg, du kannst loslegen! Weißer Lada, Platz 16.«

Pepsi schnappte sich Schlauch und Kanister und ging die nächste Portion Benzin holen. Hot Dog nahm eine Flasche Eau de Toilette von Hugo Boss vom Regal, hielt seinen Hosenbund auf und kippte sich eine großzügige Portion auf den Intimbereich.

»Ich habe die … ich habe Natascha eingeladen zum Spielgucken.« Hot Dog stellte das Eau de Toilette zurück auf das Regal. Im ganzen Kabuff breitete sich das beißende Kümmelaroma des Boss-Duftes aus.

»Und was erwartest du dir davon?«

»Was meinst du?«

»Na was du dir von einer Beziehung erwartest … mit einer Frau.«

»Mit Natascha?«

»Nein, überhaupt mit einer Frau!« Es gefiel mir, Hot Dog vor unlösbare Probleme zu stellen. Ich fand es interessant zu sehen, wie er sich wand und versuchte, eine vernünftige Antwort auf meine sinnlose Frage zu finden.

»Na ja … also du meinst in Sachen Sex?«

»Nein, ich meine, was du dir erhoffst: Glaubst du, eine Frau ist wirklich das Richtige für dich?«

»Was den Sex angeht?«

»Wieso denn immer nur Sex?!«

»Aber ich hatte ja noch gar keinen Sex mit Natascha!«

»Na bitte! Also? Worin liegt für dich der Kern, der Kern einer zwischenmenschlichen Beziehung? Warum kannst du dich alleine nicht wohlfühlen? Wozu brauchst du jemand anders? Sogar jetzt, wo du mit deinen gleichgeschlechtlichen Freunden zum Finale verabredet bist! Fußball ist ein Männersport! Wozu brauchst du dabei eine Frau?!«

»Na ja, Natascha ist eben einfach toll, wahrscheinlich werden wir miteinander … Sex haben …«

»Du denkst überhaupt nicht an Pepsi.«

»Wieso, ich habe doch mit ihm geredet, er hat nichts dagegen, dass ich jetzt mit Natascha zusammen bin.«

»Und er selber ist einfach nur so mit dir befreundet, ja? Weiter nichts?«

»Wieso, was denn weiter?«

»Mann, riecht das widerlich … Glaubst du, dass Natascha so was mag? Und Pepsi?«

»Ich verstehe dich nicht, worauf willst du eigentlich hinaus?«

»Auf gar nichts, ich will einfach nur, dass du nachdenkst, besonders bevor du etwas tust – ob mit Natascha oder mit einer anderen Frau. Erst denken, dann tun.«

»Worüber soll ich denn nachdenken?«

»Nicht jede Frau kann ein Freund werden, Hot Dog, und nicht jeder Freund ist nur ein Freund. Freunde bleiben ist eine große Kunst, nicht jeder hat die Nerven dafür – wie lange seid ihr jetzt schon zusammen?«

»Ich und Natascha?«

»Du und Pepsi.«

»Aber wieso denn?! Ich habe ihn doch gefragt, ich

habe mich extra erkundigt, Pepsi sagt, er fängt nichts mit Natascha an!«

»Und mit dir?«

»Was mit mir?«

»Wie steht er zu dir? Hast du darüber schon mal nachgedacht? Ist er nur ein Freund? Ihr seid ständig zusammen, ihr wart zusammen auf der Fachschule, ihr arbeitet zusammen ... sogar nachts ... arbeitet ihr zusammen ...«

»Blödmann, hör bloß auf!« Hot Dog hatte endlich kapiert, worauf ich hinauswollte. »Denk lieber mal über dich selber nach! Über deine eigene Orientierung!«

Pepsi kam mit dem Benzinkanister zurück. Im Fernsehen fing die Fußballübertragung an. Sie spielten gerade die Nationalhymnen. Pepsi verstaute den Kanister unter dem Tisch und griff nach dem Bier.

»Worüber redet ihr gerade?«

Wir stellten ihm unsere Gläser hin. Pepsi schenkte ein, ohne hinzusehen, nach Gehör.

Ich nahm ein Glas und stand auf, damit die patriotische Stimmung der Hymnen im Fernsehen richtig auf mich wirken konnte.

»Hot Dog hat mir gerade gestanden ... dein Freund ist ein Homosexueller, Pepsi!«

»Schon wieder!« Pepsi trank einen Schluck Bier und fing an, das Geld und die Papiere vom Tisch in den Schrank zu räumen.

Was ich über das Geld gesagt hatte, das besser nicht auf dem Tisch herumliegen sollte, war also doch bei ihm angekommen, wenn auch erst nach einiger Zeit. Früher oder später würde auch der Rest ankommen.

»Ja, schon wieder.« Natürlich war das ein alter Witz von mir, deshalb reagierte Pepsi auch so gelassen. Mit harmlosen Scherzen wie diesem versuchte ich systematisch, Zweifel zu säen, Zweifel an ihrer schlichten Männerfreundschaft. Sie sollten nicht glauben ... sie sollten nicht glauben, dass das Leben so einfach war, sie sollten ins Grübeln kommen, und sei es nur über irgendeinen Blödsinn – nachdenken schadet nie. Das Geld hatte er weggeräumt, also würde er auch über alles Weitere nachdenken.

»Was stinkt hier eigentlich so?«

»Da siehst du, Pepsi mag es auch nicht!«

»Ach, lasst mich doch in Ruhe, nichts stinkt!«

»Hot Dog erwartet Besuch, weißt du schon?«

»Von Natascha?«

»Ja, stell dir vor, unsere Gesellschaft genügt ihm nicht.«

»Und wer ist hier der Homosexuelle?« Hot Dog fing an zu lachen. »Wer macht denn die ganze Zeit Anspielungen? Wer denn? Pass bloß auf, Pepsi, unser Freund ist mehr als nur ein Freund. Wir müssen vorsichtig sein!«

»Hier.« Pepsi nahm einen Comic vom Tisch und zeigte ihn mir. »Der ist neu.«

Pepsi zeichnete gern. Nur so, für sich. Und er kaufte regelmäßig Comics. Manchmal zeichnete er auch selbst Comics, meist über irgendwelche Bodybuilder, die auf einem Schiff fahren. Seltsames Thema für einen Comic.

»Wart ihr in der Stadt?« Als Stadt bezeichneten wir nicht unsere eigene Stadt, in der wir wohnten, sondern eine andere. Diese Stadt, die andere, war sowohl größer als auch interessanter. Man fuhr eine halbe Stunde mit dem Bus, und schon war man in einem ganz anderen Leben. In unserer Stadt kennt jeder jeden, alle haben entweder zusammen studiert oder gearbeitet, dort dagegen, in der anderen Stadt, wohnen anderthalb Millionen Leute, keiner kennt keinen, man kann einfach hinfahren und untertauchen, und natürlich kann man an einem Ort, wo man untertauchen kann, auch viel einfacher seine Geschäfte erledigen. Pepsi und Hot Dog fuhren hauptsächlich »geschäftehalber« in die Stadt. Und nebenbei kaufte Pepsi Comics.

Die Hymnen gingen zu Ende, gleich würde das Spiel anfangen. Ich stand immer noch. Ich sah in die breitknochigen Gesichter der Fußballer, die versuchten, sich an den Text der Hymne zu erinnern. Ich dachte an Comics. Früher, als Kind, hatte ich nichts mit ihnen anfangen können – eine abstoßende Welt war das, mit Mutanten und einer verseuchten Umwelt, die Polizisten waren käuflich, die Behörden auch, überall Korruption, ständig Bombenexplosionen, Terroristen, Katastrophen, die Leute hatten Angst, in die U-Bahn zu steigen oder sich in ein Flugzeug zu setzen ... Erst als Erwachsener habe ich den Sinn von Comics begriffen. Gerade die Schöpfer der stumpfsinnigsten Comics haben unsere Zukunft vorhergesehen, oder besser gesagt, inzwischen ist das schon unsere Gegenwart, wir leben in einer Comic-Welt. Und wer wird uns retten? Ein Mutant im Latexanzug, ein einfacher Mensch, er ist einer von uns, aber wenn er einen Hilfeschrei hört, zieht er seinen Anzug an und eilt herbei ... Ja, nur ein Mutant kann uns retten – vor allem unsere Fußballer.

Jetzt kam Natascha. Sie hatte portugiesischen Wein dabei. Echten portugiesischen Wein.

»Ich habe grünen Wein mitgebracht.«

»Wieso grünen? Der ist doch beige!« Hot Dog hielt die Flasche gegen das Licht. Natascha schnupperte kurz, erkannte, dass das Hot Dog war, der so widerlich roch, und rückte näher zu mir. Mir war es egal, zu wem Natascha rückte, auch wenn ich es war, absolut egal. Ich bewertete ihr Näherrücken in keiner Weise, denn Hot Dog roch wirklich ekelhaft. Vielleicht wegen des gefälschten Boss-Duftes, höchstwahrscheinlich aber deshalb, weil dieser Duft sich mit Hot Dogs Eigengeruch mischte. Dabei entstand ein unangenehmes Aroma – Intimgeruch mit Kümmelnote. So was kommt vor. Wir haben alle unseren eigenen Geruch, und ein Parfüm muss man danach aussuchen, wie der eigene Geruch mit dem gekauften zusammenpasst. Das wusste Hot Dog nicht, und deshalb rückte Natascha näher zu mir.

»Er heißt einfach so, das ist ein Wein aus dem Norden von Portugal, und dort nennen sie den eben grünen Wein. Hat mir ein Bräutigam aus Porto mitgebracht, Pedro …«

»Deine Bräutigame sind allesamt Spione, mir kannst du nichts vormachen! Ich arbeite schließlich in einem geheimen Objekt und verstehe etwas …«, ich überlegte kurz und verstummte. Ich verstehe etwas … zumindest von der Tatsache, dass jeder Beruf, egal wo man arbeitet, die Psyche deformiert. In diesem Moment zum Beispiel hätte ich ja auch über etwas anderes reden können, zumal gerade eine Frau an mich herangerückt war, aber mir ist nur dieser blöde Satz eingefallen. Wie oft denken wir bei unserer Berufswahl, lieber möglichst wenig Arbeit und möglichst viel freie Zeit haben, aber solange man arbeitet, ist man nie frei!

»Sicher ist er ein Spion, aber das ist nicht mein

Problem, wonach stinkt es hier eigentlich so? Mach sie schon auf, wie lange willst du noch damit rumfummeln!«, fuhr Natascha Hot Dog an. Sie wusste und wir wussten, dass sie für den heutigen Abend sozusagen Hot Dogs Freundin war. Aber Hot Dog war etwas neben der Spur.

»Wir haben keinen Korkenzieher!«

»Das Spiel hat schon angefangen!« Pepsi stellte den Ton lauter. Wir hörten uns gegenseitig nicht mehr reden. Hot Dog drückte den Korken mit dem Daumen in die Flasche und wir tranken Wein und Bier und guckten Fußball.

»Ist das Sekt?«

»Was?«

»Er sprudelt. Der Wein sprudelt.« Ich versuchte, den Fernseher zu übertönen, aber der gereizte Pepsi drehte den Ton noch lauter.

»Das ist kein Sekt, das ist grüner Wein.«

»Das habe ich verstanden.«

»Aus dem Norden von Portugal.«

»Ich weiß.«

»Der perlt von Natur aus. Das ist kein Sekt, das ist natürliche Kohlensäure.«

»Wie viel Prozent hat der denn?«

»Zwölf! Spürst du schon was? Das ist, weil das natürlicher Alkohol ist. Ich meine, was trinken wir denn hier? Mieses Bier, künstlichen Wodka, alles mit Farbstoffen und Konservierungsstoffen, aber bei denen dort wird alles natürlich hergestellt, und zwölf Prozent natürlicher Alkohol sind sehr viel!«

Natascha begeisterte sich immer für das Land, aus dem ihre Bräutigame gerade kamen. Genauer gesagt waren es nicht ihre eigenen Bräutigame. Natascha lud sie für unsere Damen ein. Die Damen unserer Stadt träumten ausnahmslos alle davon, einen Ausländer zu heiraten. Auch Natascha hatte davon geträumt, als sie noch zur Schule ging. Aber dann lernte sie Englisch und besorgte sich einen Internetanschluss. Da wurde ihr klar, dass man mit diesem Traum gutes Geld verdienen konnte. Also was heißt gut, eben so, dass man über viele Dinge nicht nachdenken musste, eigentlich über nichts. Als Natascha ihren Internetanschluss bekam – wann war das, wir machten damals gerade unseren Abschluss an der Atomfachschule –, schauten wir uns alle als Erstes die Pornoseiten an. Aber Natascha vermochte ihr eigenes und unser animalisches Interesse zu besiegen und ging zu Websites über, auf denen Männer eine bessere Hälfte suchten. Unter hundert Triebtätern, die ihre Partnerin im Bett zu verspeisen wünschten, stieß sie auf fünf, sechs anständige Spione, die eine russische Frau heiraten wollten, und nebenbei in eine geschlossene Stadt reisen und mit den dort gesammelten geheimen Informationen Geld verdienen. Aber Natascha war selbst auch nicht auf den Kopf gefallen – sie suchte sich eine »Dachorganisation«, das heißt, eine Gruppe von Leuten, die die Formalitäten für ihre Firma erledigten. Natascha gründete die internationale Heiratsvermittlung *Amour-Transit,* und ihr »Dach« hatte sie beim FSB. Jeder bekam, was er wollte. Russische Frauen, Geheiminformationen, Informationen über den Fluss von Geheiminformationen. Alle waren zufrieden. Natascha verfasste Briefe auf Englisch und machte unsere hinterwäldlerischen einheimischen Fräuleins, die noch nie etwas vom Internet gehört hatten, mit Ausländern bekannt. Die Ausländer kamen in unsere Stadt, und ab und zu nahmen sie jemanden mit in ein anderes Leben. Danach hörte man zwar nie mehr etwas von diesen Frauen, aber trotzdem wollten alle unbedingt auf diese Weise verschwinden, und die Kundinnen rannten Natascha die Bude ein. Manchmal baten die Ausländer Natascha per E-Mail, ihrer potenziellen Braut einen Strauß Rosen zu schenken. Das Geld wurde auf das Konto der Agentur überwiesen, und Natascha musste die Blumen kaufen, sie im Namen des ausländischen Bräutigams überreichen, die Braut mit dem Strauß fotografieren und das Bild an die E-Mail-Adresse des Bräutigams schicken. Einmal kam ich dazu, als sie gerade damit beschäftigt war. Sie war dabei, auf einem Foto einen gemalten Blumenstrauß in die Arme der Braut zu montieren.

»Das nennt man Photoshop!«

»Was?«

»Ich habe sie fotografiert und ihr gesagt, sie soll so tun, als ob sie etwas im Arm halten würde. Die Rosen kommen aus einem digitalen Bildarchiv. Und jetzt legen wir ihr die Blumen in den Arm. So ... achtzehn ... neunzehn ... neunzehn Rosen sollte ich ihr kaufen, das muss genau stimmen, die Ausländer sind da pingelig, alles prüfen sie nach, letztes Mal hat es mit dem Jpeg nicht geklappt und ich habe es ihm als PDF geschickt, da hat er ein furchtbares Geschrei gemacht, er meinte, das hätte ich extra in so einem Format geschickt, damit er es nicht öffnen kann!«

Ich begriff überhaupt nichts, außer, dass der Computer Natascha eine große Hilfe war. Irgendwann würde sie wahrscheinlich viel Geld verdienen, und wenn sie eines Tages alle Computerprogramme gelernt hätte, würde sie vermutlich auch den endgültigen Weltuntergang herbeiführen. Oder uns eine gemalte Welt unterjubeln, und wir würden es nicht merken.

»Idioten! Abseits! Sieht er das denn nicht, das war Abseits!!!« Pepsi brüllte so laut, dass ich kurz dachte, etwas in meinem Ohr sei geplatzt. »Dreckskerle! Wieso hassen alle unsere Mannschaft? Wieso haben sie uns noch nie eine einzige Meisterschaft gewinnen lassen?«

»Warum sollten sie? Alle hassen uns! Nicht nur beim Fußball! Ich habe ein halbes Jahr auf mein Visum für Italien gewartet! Erst sagen sie mir, alleinstehende Frauen können bei uns nicht einreisen! Ich sage, ich will das Kolosseum sehen, Wein trinken, Meeresfrüchte essen – ich bezahle doch alles! Ewig haben die mich hingehalten, zu uns kommen viele Prostituierte aus Ihrem Land, hieß es, jetzt überprüfen wir alle! Warum sollte ich als Prostituierte arbeiten, wenn ich doch Geld habe?! Sie hassen uns alle miteinander!«

»Dabei haben wir sie vor den Faschisten gerettet!«

»Das wollten die gar nicht! Die wollten ihren Hitler behalten, das können sie uns nicht verzeihen, dass wir ihren Hitler umgebracht haben!«

»Von wegen, noch nicht mal! Glaubst du, die wissen, dass wir das waren?! Das war Amerika! Amerika hat die zweite Front eröffnet und die Deutschen besiegt! Das ist die Geschichte, die sie kennen! Und das reden sie auch allen anderen ein! Alles kommt aus Amerika, alles!«

»Wieso Amerika?! Aus Amerika kommt schon lange nichts mehr! Alles kommt aus China! Sogar die Uniformen für die amerikanische Flotte. Die Chinesen machen alles, Baby-Windeln, Socken, Anzüge, Spielzeug – und wisst ihr, wie viele die sind? Jede Sekunde pflanzen die sich fort und denken sich neue Viren aus! Und uns hassen sie wie die Pest! Dabei haben wir ihnen sogar irgendwelche Inseln abgegeben! Aber sie hassen uns trotzdem! Früher, da hätte ihnen keiner was abgegeben! Aber jetzt haben sie gelernt, wie man Leute schmiert, bei der Olympiade sind inzwischen alle russischen Sportarten chinesisch. Sogar auf dem Barren springen sie schon rum. Wenn sie jetzt noch anfangen, in den Weltraum zu fliegen, dann ist es aus!«

»Das ist Absicht, diesen Schiedsrichter mit der Glatze haben die extra eingesetzt! Der hat schon immer gegen uns gepfiffen!«

Hot Dog war der Einzige, der ruhig blieb. Wahrscheinlich, weil er stank und keine unnötige Aufmerksamkeit auf sich ziehen wollte.

»Was erwartet ihr denn? Wir werden nie Europameister. Schaut euch mal den Spieler da an. Wisst ihr, wieso der aufgestellt wurde? Weil die Mafia für ihn bezahlt hat. Und das ist bei der halben Mannschaft so. Die sollen an westliche Vereine verkauft werden, deshalb musste der Trainer sie aufstellen! Und der Trainer selbst? Der kann vielleicht eine Straßenmannschaft trainieren, mehr nicht, aber dafür hält er den Mund. Mit so einem Trainer kann man in Ruhe seine Geschäfte abwickeln, deshalb haben sie ihn genommen, weil er den Mund hält! Nur sagt er wahrscheinlich auch bei den Auswahlspielen nichts, und beim Training auch nicht, der feige Arsch! Die anderen kaufen ihre Trainer alle schon lange im Ausland ein, nur bei uns wird das nie passieren, weil ein Ausländer glatt verrückt wird, wenn er sieht, was bei uns im Fußball los ist!«

»Hast du wieder mal Zeitung gelesen?«

»Ja.«

»Du darfst nicht glauben, was in der Zeitung steht, kapier das doch, die wollen einen nur neugierig machen und denken sich alles Mögliche aus, damit Leute wie du den Kram kaufen.«

»Aber das sieht man doch auch ohne Zeitung, schau doch mal hin! Was soll denn das? Die können einfach nicht spielen!«

»Na und? Das ist noch lange kein Grund, sie zu benachteiligen! Meinetwegen, wir verlieren immer, selbst beim Fußball, aber dann lasst uns wenigstens ehrlich verlieren, wozu müsst ihr uns auch noch demütigen?!«

Unsere Kränkung wuchs mit jeder Minute. Wir steigerten uns hinein, wir waren niedergeschlagen und wütend. Mit jedem Wort wurde klarer: Die ganze Welt war gegen uns. Wir waren jung, stark, schön wie die Götter – aber seit zweitausend Jahren wurden wir benachteiligt! Halbzeit. Wir gingen alle vier pinkeln. Das Toilettenhäuschen an der Einfahrt zum Parkplatz wurde nie abgeschlossen. Daneben stand eine Hundehütte. Der Hund, ein kaukasischer Schäfer, war ein guter Wachhund; überhaupt ist die kaukasische Nation und Rasse völlig in Ordnung, zumindest solange man sie nicht ärgert oder aufstachelt. Im Moment, das heißt, als wir zur Toilette gingen, in der Halbzeit, schlief der Hund. Pepsi hatte ihm, als er das Bier aus dem Tankwagen abzapfte, auch etwas in seine Schüssel gegossen. Jetzt war die Schüssel leer und der Hund schlief demnach, anstatt Wache zu halten – nun ja. Pepsi mochte Tiere, aber er gab allen denselben Namen.

»Spinne.« Pepsi streichelte den Hund und nuschelte etwas in einer unverständlichen Sprache.

»Wieso Spinne, Pepsi, bei dir heißen alle Spinne –

Katzen, Kanarienvögel, Eidechsen, weißt du noch, die Eidechse, die du mal hattest, zu der hast du auch Spinne gesagt!« Das war das einzige Mal, dass ich Pepsi danach fragte, obwohl ich viel öfter darüber nachdachte.

»Spinne, was für schöne Augen! Aryg, argy, kauk ze!«

»Redest du mit ihr?«

»Ja.«

»In welcher Sprache?«

»Katzensprache. Ich hatte mal eine Katze namens Spinne, mit der habe ich auch geredet.«

»Meinst du, der Hund versteht Katzensprache?«

»Klar, Spinne ist Spinne.«

Ein zweites Mal habe ich diese Frage nicht gestellt. Manchmal schien es mir, als wären wir drei, ich und Hot Dog und Natascha, auch Spinnen für Pepsi. Wir verstanden, warum er mit seinen kranken Lungen weiter Gras rauchte und warum er, als er von der Fachschule geflogen war, sein Abschlusszeugnis fälschte und sich an der Philosophischen Fakultät einschrieb, dann aber gleich nach seiner Immatrikulation seine Bewerbungsunterlagen wieder abholte und sich einen Job als Parkplatzwächter suchte. Wir verstanden Pepsi, er war unser Freund, wir verbrachten Zeit mit ihm – weil wir Spinnen waren, genau wie er. Und wir wussten: Sobald ein Spinnennetz fertig ist, muss man etwas anderes tun, der geringste Stillstand bedeutet Tod, man darf keine Pause machen, sonst schafft man nicht alles, und je verschwommener und unklarer es ist, was man tut, desto besser, man soll nichts kapieren, man soll handeln, Pausen sind zum Nachdenken da, und nachdenken darf man nicht in unserer Zeit, sonst kann einen auch ein Mutant nicht mehr retten!

Wir standen da und warteten auf Natascha. Wir hatten ihr beim Pinkeln den Vortritt gelassen. Um nicht nur herumzustehen, pinkelten wir auch schon mal.

»Wenn unsere Jungs nicht ausgleichen, dann zünde ich den Parkplatz an!« Hot Dog war sehr wütend, vor Wut hatte er nicht einmal seine Hose ganz aufgeknöpft, und sein Boss-Duft wurde jetzt noch um einige Nuancen bereichert.

»Dann werden wir entlassen!«

»Und was für einen Sinn hat das, hier zu arbeiten, oder überhaupt zu leben, wenn sogar der Fußball bei uns auf so einem Niveau ist?!«

»Immer jammert ihr nur! Millionen Bürger unseres Landes tun von früh bis spät nichts anderes als kritisieren, anstatt einfach mal selbst mit anzupacken!« Warum ich das damals gesagt habe, weiß ich nicht, aber es war das erste leise Signal, das an unsere benebelten Hirne drang.

Die zweite Halbzeit ging zu Ende. Pepsi kroch im Häuschen herum und suchte seine Kontaktlinse. Er hatte wieder mal eine verloren. Er trug seine Linsen nie beide gleichzeitig. Nicht länger als vierundzwanzig Stunden jedenfalls. Am zweiten Tag war immer eine Linse verschwunden, er trug nur noch eine und kniff das andere Auge zu. Jetzt war auch die zweite Linse weg. Deshalb hatte Pepsi sich auf die Suche gemacht. Natascha war noch näher zu mir gerückt, der aufgefrischte Boss-Duft tat seine Wirkung. Hot Dog fluchte. Sehr laut und sehr dreckig. Uns war das unangenehm, aber keiner von uns sagte, er solle still sein, weil keiner Fluchen an sich schlimm fand – wir fluchten alle, wir nahmen diese Wörter gar nicht wie Schimpfwörter wahr, wir hatten sie als Kinder von unseren Eltern gelernt und sie waren ein ganz natürlicher Teil unseres Lebens. Hot Dog aber stand das Fluchen nicht. Es gibt solche Leute, die fluchen, denen das aber nicht steht. Das ist wie mit Business-Anzügen oder spitzen Schuhen – zu dem einen passen sie, zu dem anderen nicht. Außerdem erfand Hot Dog gern seine eigenen Schimpfwörter und Wendungen, wodurch sein Fluchen sehr literarisch wirkte, und so was ist dann ja schon kein richtiges Fluchen mehr, sondern einfach nur peinlich.

»Nun hör doch mal auf!« Natascha sagte das irgendwie liebevoll, wie eine Mutter.

Aber Hot Dog fluchte weiter. Und in diesem Moment geschah etwas, das unser ganzes Leben verändert hat – obwohl, vielleicht ist ja noch nicht alles zu spät ... Also, Folgendes ist passiert: Unsere Jungs drangen in den gegnerischen Strafraum ein, ausgerechnet der blödeste Spieler, der in dieser Spielzeit von der Sportausschussmafia an irgendeinen mittelmäßigen europäischen Club verkauft werden sollte, vollbrachte das Unwahrscheinliche. Er zog an einem Gegenspieler vorbei, dann an noch einem – und dann sackte er zusammen. Wir jaulten auf. Bis zum Abpfiff blieb gerade mal eine Minute, aber der Schiedsrichter zeigte auf die Ecke. Es stand 2:1 gegen uns. Im Finale! Eine Minute vor Schluss! 2:1, im Finale! Ein Unentschieden wäre eine Chance gewesen! Wir brüllten, heftig, wehmütig und wild.

»Wieso Eckball, was denn für ein Eckball! Elfmeter!« Selbst Natascha hatte verstanden, was ein Elfmeter war und dass es genau jetzt einen geben musste. Wir verstummten kurz: Irgendwo brüllte gleichzeitig mit uns ein wildes Tier.

»Das ist die Spinne.« Pepsi sah aus dem Fenster des Kabuffs. »Ein schlechtes Zeichen. Sie werden verlieren, unsere Jungs, ach je.«

»Jetzt reicht es«, sagte ich. »Das war das letzte Mal, dass wir uns demütigen lassen.« Eckball für unsere Mannschaft. »Wir müssen …« Wie immer lassen unsere Idioten sich den Ball gleich wieder abnehmen. »… wir müssen …« Der Schiedsrichter pfeift. »… diesen Schiedsrichter töten.« Das Spiel ist aus.

Verblüffenderweise widersprach mir niemand. Betrunken und wütend, wie wir waren, agierten wir auf einmal schnell, präzise und logisch, wie in einem richtigen Spionagethriller. Mir gefiel das sehr gut: Hot Dog hatte keine Bauchschmerzen mehr, Pepsi konnte plötzlich auch ohne Linsen sehen, Natascha blühte auf und sah viel hübscher aus – die Rache machte unsterbliche Helden aus uns.

Auf dem Weg zu Nataschas Büro besprachen wir, was wir tun sollten. Natascha wollte per Internet die Adresse dieses fiesen Glatzkopfs herausfinden, der unsere ewigen Verlierer hatte verlieren lassen. Sie behauptete, das sei überhaupt kein Problem. Dann würden wir dort hinfahren. Das war schon schwieriger, weil man ein Visum brauchte. Auslandspässe hatten wir, wie alle Russen, auch wenn wir, wie die meisten Russen, noch nie im Ausland gewesen waren – die Pässe hatten wir trotzdem beantragt, nur so, für alle Fälle, weil unsere Eltern es uns gesagt hatten. Unsere Eltern besaßen auch Auslandspässe, obwohl sie genauso wenig hofften, je irgendwohin zu fahren, aber sie versicherten uns, es könnten Zeiten kommen, in denen solche Pässe überhaupt nicht mehr ausgestellt werden dürften, und deshalb sollten wir uns sobald wie möglich welche besorgen, solange die Obrigkeit es so gut mit uns meinte. Der Wagen blieb stehen, Pepsi bezahlte, und ich dachte, dass dieser Taxifahrer unser ganzes Gespräch mitgehört hatte – vielleicht sollten wir ihn besser auch töten? Daran dachte ich oft, wenn ich durch den Park nach Hause ging – an einen Mord ohne Motiv und ohne Zeugen. Vor allem, wenn vor mir eine Frau ging und niemand in der Nähe war … die würde doch nie einer finden, und diesen Fahrer hier auch nicht! Was hielt uns eigentlich alle zurück? Gab es vielleicht doch eine Seele in uns, oder irgendwas anderes, irgendeine Kraft – irgendeine Kraft, die uns im entscheidenden Moment sagt, das ist böse, das darfst du nicht tun? Würde diese Kraft uns nicht auch auf der Schwelle zum Haus des Schiedsrichters im Weg stehen?

Der Fahrer zerknüllte Pepsis Geld und stopfte es ihm in die Jackentasche zurück. Er öffnete das Handschuhfach, griff sich den Armvoll loser Geldscheine, die dort lagen – es waren viele Scheine, der Mann hatte den ganzen Tag gearbeitet –, und warf sie Pepsi in den Schoß.

»Tötet ihn, Jungs, tötet ihn!«

Natascha suchte im Internet. Wir tranken portugiesischen Wein aus der Minibar des Amour-Transit-Büros. Es gab auch Whisky und Gin und …

»Wie viele von unseren Mädels hast du eigentlich schon verkauft?«

Mir war klar, dass jede Flasche für einen ausländischen Bräutigam und eine zugrunde gerichtete russische Seele stand.

»Viele.« Nataschas Augen blitzten. Sie freute sich immer, wenn sich ihr eine Gelegenheit bot, allen zu zeigen, wie gut sie Sachen organisieren und aus dem Nichts hervorzaubern konnte. Obwohl das Internet natürlich nur für uns ein Nichts war. Für sie war es das vertraute Gebiet des Bösen.

»Unsere Frauen sind unser Reichtum, und wir geben sie einfach so her, für Wein und Gin ...«

»Und für Geld, keine Sorge.«

»Sie sind mehr wert als Geld – die Ausländer verstehen das, deswegen kommen sie ja zu uns auf Brautschau. Obwohl sie genau wissen, dass sie in Russland ohne weiteres verloren gehen oder erfrieren können, dass man ihnen einfach den Schädel einschlagen und sie ausrauben kann, und keiner beschützt sie, keiner hilft ihnen. Das war schon immer so, und es wird auch so bleiben, egal was unsere Regierung für Erklärungen abgibt. Aber das Risiko gehen sie ein. Bei ihnen zu Hause brauchen die Frauen nämlich keine Männer, sie kommen auch allein zurecht – was sie brauchen, ist Arbeit, Geld, Karriere, während unsere Frauen für ein eigenes Heim und für die Möglichkeit, die Wäsche in der Maschine zu waschen, das Geschirr in der Maschine zu spülen und die Kinder mit dem Auto von der Schule abzuholen, ihre Seele verkaufen würden. Und so was vermittelst du! Werden die Heiratsverträge eigentlich mit Blut unterschrieben?«

»Da! Ich hab's gefunden, schaut! Hier – es ist allerdings auf Englisch – hier heißt es, er will nach dem Finale aufhören, das war sein letztes Spiel!«

»Klar hört er auf! Was glaubt ihr, wie viel Geld der dafür kassiert, dass er keinen Elfmeter gegeben hat!«

»Nach der EM fährt er in Urlaub in die Türkei.«

»In die Türkei?«

»Dreckskerl!«

»Super, in die Türkei! Das ist super!« Natascha ging an den Safe – erst dachten wir, das täte sie, weil wir alle Flaschen geleert hatten und dort noch eine verkaufte Seele in Form von Bailey's oder Glenfiddich läge, aber Flaschen gab es im Safe nicht. Nur Dollars. »So, und jetzt ab nach Hause mit euch, packt eure Badehosen ein.«

»Wieso denn das?«

»Weil wir uns zwischendurch vielleicht auch mal in die Sonne legen, wir fliegen in die Türkei, da braucht man kein Visum – jeder nimmt so viel Geld mit, wie er hat, und am Flughafen tauschen wir in Dollar.«

Das Flugzeug landete. Ich war sehr froh. Erstens, weil ich meinem Land helfen konnte, und zweitens, weil es bei uns im Juli so viel regnete wie im September, wogegen hier richtig Sommer war, aber am meisten freute mich natürlich, dass wir gelandet waren.

»Tolles Land, ohne Visum, und noch dazu so warm!«

Nachdem wir 80 Dollar für das Recht bezahlt hatten, uns so lange in der Türkei aufzuhalten, bis wir den Schiedsrichter getötet hatten, verließen wir den Flughafen. Wir wussten nicht, wie lange wir bleiben würden, wir wussten nicht einmal, ob wir überhaupt wieder nach Hause zurückkehren könnten. Hot Dog schlief im Stehen. Er war nach dem Finale gestern noch nicht wieder nüchtern geworden und doch schon in einer ganz anderen Dimension gelandet. Mir selbst war leicht schwindlig.

»Das ist das Klima.« Natascha zog eine Kappe mit der Aufschrift *Kontex* aus ihrer Tasche. Eine Kappe mit kleinen Löchern, luftdurchlässig, sehr gut für den Sommer. Sonst hatte keiner von uns an eine Kopfbedeckung gedacht. Frauen sind flexibler, sie kommen besser mit Veränderungen zurecht. Ich glaube, wenn man eine Frau rechtzeitig vorwarnt, dass sie in die Hölle kommt, dann ist sie in der Lage, sich vernünftig vorzubereiten und eine einigermaßen komfortable Ewigkeit zu verbringen. Dagegen fiel mir jetzt auf einmal wieder ein, warum ich keine Kontex-Kondome benutzte – nämlich wegen genau dieser Kappe. Natascha hatte sie damals mitgenommen, als sie als Reklamemädchen für eine Apotheke arbeitete, die diese Kondome verkaufte. Während der Werbekampagne trug Natascha diese Kappe auf dem Kopf und sagte irgendeinen Reklametext auf, mitten in der Stadt lief sie so rum, und neben ihr spazierte ein gewaltiges Kondom – Hot Dog im Gummikostüm. Das war in der 11. Klasse, wir gingen alle in dieselbe Schule, und Natascha hatte Geldprobleme – in ihrer Familie kam es keinem in den Sinn, dass ein Schulmädchen Geld brauchen könnte. Bei Hot Dog zu Hause war wieder mal der Vater abgehauen, und er spielte das Familienoberhaupt. Kontex gab ihnen beiden eine Chance. Es war Sommer, Hot Dog schwitzte furchtbar in seinem Kondomkostüm, und ich stellte mir beim Anblick der Luftlöcher in der Kontex-Kappe vor, was für Löcher wohl die Kontex-Kondome haben mochten, und benutzte sie lieber nicht mehr. Als Natascha dann später ihre FSB-Leute kennenlernte, bekam ich überhaupt Probleme mit dem Sex. Einmal, als wir mal wieder einen entspannten Abend zusammen verbrachten, erzählte sie, diese FSB-Leute, die auf ihren Laden aufpassten, hätten ihr gestanden, bei uns in der Stadt würden sämtliche Kondome durchstochen! Das sei ein Geheimprogramm der Stadtverwaltung, zur Förderung des Bevölkerungswachstums. Bei uns im Kraftwerk herrschte tatsächlich Arbeitskräftemangel, das Ganze konnte also durchaus stimmen. Ich weiß nicht, wie die anderen beiden Jungs sich verhalten haben, nachdem Natascha diese vertraulichen Informationen durchsickern ließ, ich jedenfalls habe ein paar entscheidende Änderungen vorgenommen. In meinem Leben gab es von da an keinen spontanen, stürmischen Sex ohne vorheriges Umwerben und Manipulieren der Partnerin mehr. Jetzt musste ich jedes Mal erst lange mit einem Mädchen befreundet sein und sie überreden, die Pille zu nehmen, bevor ich mit ihr schlafen konnte. Das alles machte mein Leben sehr kompliziert – die Mädchen dachten, ich hätte ernsthafte Absichten, weil ich so lange enthaltsam blieb und mir offenbar auch Sorgen um sie machte, da ich ihnen so eindringlich nahelegte, Antibabypillen einzuwerfen. Kurz, für einen Geschlechtsverkehr gingen vier bis sechs Wochen drauf. Ich musste so tun, als nähme ich mir ihre Probleme zu Herzen, als wäre ich rein menschlich an ihnen interessiert – alles nur für ganz normalen Sex. Allmählich kam ich davon ab und fing stattdessen an, einfach zu masturbieren. Mir war klar, dass ich da ein Problem hatte, aber da mir das klar war, würde ich früher oder später auch damit fertig werden. Trotzdem, so viel Ärger, nur wegen einer Kappe mit Luftlöchern!

»Komm in die Gänge, wir wollen los!« Natascha holte mich mit einem Rippenstoß aus meinen Gedanken heraus, dann schleppte sie Hot Dog zu einem Taxi. Pepsi und ich schlurften hinterher. Natascha war jetzt der Chef, sie konnte Englisch und sie war auch schon mal verreist: nach Sotschi zum Beispiel, mit einem älteren Freund, der dann dort blieb, während Natascha von der Miliz nach Hause zurückbefördert wurde, und ein Jahr später fuhr sie nach Petersburg, mit dem Theaterkurs, bei dem sie in der 10. Klasse mitmachte. Kurz, wir verließen uns auf ihre Klugheit und Erfahrung.

Es ist schön, wenn man nichts versteht, es ist schön, wenn man jemandem vertraut, es ist schön, wenn man nicht weiß, wo man ist und wenn jemand anders alle Probleme für einen löst – manchmal ist das so, wenn man noch klein ist und nichts kapiert, und manchmal ist es so, wenn man sich alles leisten kann. Klar, Geld kompensiert alles – fehlende Sprachkenntnisse, fehlendes Wissen über Tradition und Kultur, die fehlende Fähigkeit, sich verständlich zu machen und andere zu verstehen. Natascha einigte sich mit dem Taxifahrer, keiner von uns wusste, worauf. Wir fuhren los. So schön war diese Türkei auch wieder nicht, stellte ich fest. Wenn meine Eltern gewusst hätten, wo ich hinfuhr, dann hätten sie mich sehr beneidet – das war ihr Traum: in die Türkei fahren, ans Meer. Sie selbst fuhren nie irgendwohin, und Zeit für sich allein hatten sie wahrscheinlich ungefähr dreimal im Leben, danach kamen meine beiden Schwestern und ich auf die Welt ... aber mir gefiel diese Türkei nicht, die ich durchs Taxifenster sah: Lehmhütten, ärmliche kleine Läden, Tankstellen ... Im Geschichtsunterricht hatte ich gelernt, dass die Türken blöd waren, zu diesem Schluss kamen unsere Lehrer bei ihrer Analyse sämtlicher Entwicklungsstadien dieses Landes und Volkes ... das merkte man ... obwohl ausschließlich vom Tourismus zu leben so blöd auch wieder nicht war. Im Allgemeinen hatten die blöden Nationen einfach Glück, das wurde mir langsam klar, sowohl mit dem Klima als auch mit der geografischen Lage.

»Mir geht's irgendwie schlecht.« Mir ging es auf einmal schlecht, und ich sagte, dass es mir schlecht ging.

»Das ist die Klimaveränderung.« Natascha unterbrach ihre Unterhaltung mit dem Taxifahrer und kümmerte sich kurz um mich. »Bei uns gibt es ja keinen Sommer, wegen des Kraftwerks, ich habe mal mit einem Arzt geschl... gesprochen, der hat mir gesagt, dass wir aus unserer Stadt überhaupt nicht in warme Länder reisen sollten, wir sind an die Strahlung gewöhnt, und hier gibt es keine, deshalb fühlen wir uns schlecht.«

»Soll das heißen, wenn es einen Atomkrieg gibt, werden wir als Einzige überleben?«

»Ja, nur wenn es keinen gibt, dann verrecken wir.« Mir ging es immer schlechter. »Sind wir bald da?«

»Ja, ich habe ihm gesagt, er soll uns ins nächste Hotel bringen, wir müssen in Flughafennähe bleiben.«

»Cool.« Pepsi wiegte den Kopf wie ein Agent in geheimer Mission. Offenbar war es nach Geheimagentenlogik cool, wenn man in Flughafennähe wohnte und jederzeit schnell in ein Flugzeug springen konnte.

»Woooo! Weeer-uaahh!« Hot Dog kehrte ins Leben zurück.

»Oh, er singt wieder! Herzlich willkommen in der Türkei!« Natascha lächelte breit, wie damals bei der Werbekampagne, als sie die Stadtbevölkerung zum Kauf von Kondomen aufgefordert hatte.

»Sind wir schon da? Wo ist der Glatzkopf?« Wir verstummten alle drei. Hot Dog hatte gerade die wahrscheinlich vernünftigste Frage seines Lebens gestellt.

»Das besprechen wir, wenn wir eine Unterkunft haben.« Natascha drehte sich um und quatschte weiter mit dem Taxifahrer.

»Hotel *Olissipo,* all-inclusive, das ist völlig okay.« Natascha sagte, wir sollten aussteigen, sie hatte entschieden, dass es hier völlig okay war.

»All-inclusive ist krass.« Pepsi hatte in der Schule Englisch gehabt, er versuchte mir zu erklären, wie krass es war, dass wir hier und gerade in diesem Hotel waren. »Da kann man rund um die Uhr essen und trinken, ohne zu zahlen, Party ohne Ende ...«

Natascha regelte alles an der Rezeption, sie füllte irgendwelche Papiere aus, und Hot Dog schlummerte an Pepsis Schulter.

»Schau mal, die Swimmingpools.« Pepsi hielt mir einen Werbeprospekt des Hotels unter die Nase.

»Können wir uns das leisten?« Ich dachte flüchtig an den Safe in Nataschas Büro zurück, an den Safe in der brennenden Tankstelle, an das Portemonnaie meines Vaters ... ob das wirklich reichte?

»Alles klar, kommt ihr? Also, wir haben zwei Doppelzimmer, Pepsi, du bist mit Hot Dog in einem Zimmer, und du mit mir.«

Ich war etwas verwundert.

»Hot Dog wird bestimmt sauer sein, wenn er aufwacht.« Ich versuchte, Natascha anzudeuten, dass es keine schlechte Idee wäre, noch einmal umzudisponieren, aber sie tat, als hätte sie mich nicht verstanden.

»Okay.« Sie sah sich suchend um. »Die Aufzüge, wo sind denn die Aufzüge ... da drüben, los, kommt.«

Wir stiegen in eine der Glaskabinen. Es gab acht Stück davon, das Hotel hatte fünfzehn Stockwerke und war sehr schön, wirklich sehr. Ich schaute und schaute – zur einen Seite, und dann wieder zur anderen ... dieses ganze strahlende Panorama ließ sich überhaupt nicht mit dem Bild der Safes und Portemonnaies in Einklang bringen, aus denen wir unser Geld geholt hatten. Konnte es denn sein, dass all diese Schönheit, diese Möglichkeit eines anderen Lebens im Prinzip dort in unserer verdreckten Stadt lag, versteckt in Jackentaschen und Safes, aber wir nutzten sie nicht, sondern blieben in unserer Strahlung hocken? Wozu? Nur um im Fall eines Atomkriegs zu überleben? Wenn ich das früher gewusst hätte, dass in unseren Portemonnaies so ein Potenzial steckt …

Der Aufzug hielt in unserer Etage, der sechsten, und wir gingen auf unsere Zimmer.

»Hör zu, Natascha, ich will keine Probleme. Hot Dog ist mein Freund!«

»Meiner auch, einfach ein Freund, und du bist auch einfach ein Freund, schläfst du lieber am Fenster oder an der Wand?«

»Am Fenster.«

»Ich gehe duschen, danach gehen wir rüber zu den anderen und überlegen, wie wir vorgehen.«

»Und, wie sieht's aus?« Natascha wandte sich an Pepsi. Wahrscheinlich nur, um Hot Dog nicht anzusehen. Dessen Rausch war inzwischen verflogen. Vor allem deshalb, weil er nicht mit Natascha in einem Zimmer gelandet war, sondern mit Pepsi. Für ihn sah alles düster aus, das begriff ich nach einem Blick in seine Augen. »Alles in Ordnung, gefällt euch das Zimmer?«

»Alles cool.« Pepsi war sehr zufrieden.

»Mir gefällt es nicht.« Hot Dog knirschte mit dem Kiefer und sah abwechselnd mich und dann wieder Natascha an.

»Hör mal, Hot Dog, lass uns reden, okay?«, sagte

ich. »Wir sind doch Freunde, weißt du, was Freundschaft heißt?«

»Was denn?«

»Dass man reden kann. Besser wir besprechen die Lage jetzt gleich, solange Natascha und ich noch keinen Sex hatten.«

»Na gut ...«

»Okay, jetzt sage ich mal was!« Natascha sagte das sehr schroff, und wir verstummten alle, immerhin waren wir in einem fremden Land und konnten die Sprache nicht, und außerdem hatte Nataschas Safe den größten Anteil an der Finanzierung unserer Reise gehabt, soweit ich mich erinnerte.

»Fürs Erste bleibt alles, wie es ist! Wenn es wieder anders aussieht, sieht es wieder anders aus!«

Wir stimmten zu.

»Also, dieser Glatzkopf ist ein Prominenter, wenn der irgendwo absteigt, wissen es alle. Wir schauen in die Hotels, wir gehen am Strand spazieren, lesen die Lokalzeitungen, fragen rum und suchen im Internet – früher oder später finden wir ihn. Allerdings wäre es gut, wenn das bald passiert, unsere Zimmer sind nämlich nur für eine Woche bezahlt.«

»In welcher Stadt sind wir eigentlich?«

»Antalya.«

»Und wie viele Städte gibt es in der Türkei?«

»Viele.«

»Und wenn er nun in einer anderen Stadt ist, wie sieht's dann mit der Kohle bei uns aus?«

Hot Dog wurde von niemandem ernst genommen, deshalb hatte ihm keiner gesagt, wie viel Geld wir hatten, in welcher Stadt wir waren und wieso ich mit Natascha im Zimmer war und nicht er. Keiner hielt es für nötig, ihm etwas zu erklären, weil ... vielleicht weil er dümmer war als wir, weil er kein Interesse hatte, etwas zu ändern, sich weiterzuentwickeln. Obwohl es schwer zu sagen war, ob wir selbst uns weiterentwickelten. Das Leben brachte uns vielleicht in Situationen, aus denen man etwas lernen konnte, aber ob wir etwas lernen wollten im Leben – da bin ich nicht so sicher. Nur wieso war Hot Dog dann dümmer als wir? Wahrscheinlich war das einfach sein Schicksal.

»Die Kohle ist kein Problem, für ein, zwei Busreisen reicht es, und fürs Essen brauchen wir ja nichts zu zahlen, allerdings müssen wir etwas beiseitelegen, für den Rückflug.«

Alle sahen Natascha an. Nur eine Frau war im Stande, bei unserer Jagd auf den Schiedsrichter auch ein Detail wie die Heimreise zu berücksichtigen. Ich begann, mich in Natascha zu verlieben. Sie gab einem das Gefühl, dass das Leben weiterging, dass einem nichts passieren konnte, weil sie an alles gedacht hatte.

»Aber von allem, was du meinst, was wir machen sollen, ist am Strand rumlaufen doch das Einzige, was wir können! Außer dir kann doch keiner die Sprache!« Hot Dog fing an, sich weiterzuentwickeln, vielleicht bockte er aber auch nur.

»Doch, ich kann die Sprache!« Pepsi tat sich dadurch hervor, dass er sich gern hervortat. Kaum hatte Hot Dog uns zu einem gemeinsamen »wir« zusammengefasst, wollte Pepsi sich sofort davon abheben. Er konnte wirklich Englisch, aber ausschließlich in Form von Songzitaten. Er guckte dauernd MTV, und Natascha übersetzte ihm einzelne Sätze, die er dann sang. So hatte er Englisch gelernt. Sein privates Englisch, genauer gesagt. Natürlich hatte er auch in der Schule Englisch gehabt, aber MTV war stärker als die Schule, es wog schwerer.

»Na also, Pepsi auch. Nein, den Schiedsrichter zu finden wird kein Problem sein, außer natürlich, euch ist schon die Lust vergangen.«

»Mir ist sie nicht vergangen. Ich bin nicht zur Erholung hier, sondern um diesen Arsch umzubringen! Ich bin doch kein Tourist! Ich will keinen Badeurlaub machen, und ich will auch keine Sehenswürdigkeiten besuchen. Überhaupt ist das ein armseliges Land hier, das einzig Gute ist das Klima … Also, womit fangen wir an?«

»Mit dem Strand! Als Erstes nehmen wir unser Hotelgelände unter die Lupe. Ich erkundige mich, wie man hier ins Internet kommt, danach treffen wir uns am Strand.«

»Abgemacht.« Wir verließen das Zimmer und machten uns auf den Weg zum Strand.

»Hauptsache, wir bleiben dran, das ist das Wichtigste! Okay?« Pepsi versicherte uns, dass Dranbleiben das Wichtigste sei und führte uns zu einem Stand, wo man Badetücher ausleihen konnte. Dass es hier Badetücher gab, hatten wir herausgefunden, indem wir uns einfach nur umsahen. Ebenfalls nach nur einem Blick in die Runde verstanden wir, dass man auf die Liegen Polster legte, und dass diese Polster an einem anderen Stand ausgegeben wurden; dass es hier Pools gab, dass man an den Strand gehen konnte, dass man Wein, Pepsi und Bier trinken und Eis oder Hot Dogs essen konnte, von der Wasserrutsche rutschen oder im Whirlpool sitzen – da gingen hauptsächlich Pärchen und Kinder hin, für die war das Sprudeln in der Hose anscheinend aufregend. Wir sahen uns nur einmal um, und schon war alles klar. So funktioniert der Service in der entwickelten Welt, man braucht nichts zu wissen, ein Blick genügt, um alles zu verstehen.

»Dranbleiben! Bestimmt finden wir ihn, oder?«

»Klar finden wir ihn, guck mal!« Ich zeigte auf einen Wegweiser, auf dem *Bogenschießen, Tennis* und *Beach-Volleyball* stand.

»Wollen wir schießen?«

»Na gut.« Hot Dog gewöhnte sich langsam daran, dass fürs Erste alles blieb, wie es war, und dass es wieder anders aussehen würde, wenn es wieder anders aussah.

Auf dem Schießplatz stand ein einsamer Stuhl, und an Stellwänden hingen ein paar Zielscheiben. Kein Mensch da. Plötzlich kam von irgendwoher ein Typ in einem bunten Hemd angeschlichen.

»Helo.« Jetzt war Pepsi unsere Hoffnung. »Wi wont tu schut! Wot ewa aiwdan, aiw bin stering daun se barrel of e gan! Hehe.« Pepsi zitierte zum Spaß einen Depeche-Mode-Song: »Was ich auch mache, ich habe immer einen Pistolenlauf vorm Gesicht.« Das verstand sogar ich, nachdem ich hundertmal gehört hatte, wie Natascha ihm das Lied übersetzte, während er versuchte, es sich einzuprägen – jetzt konnte er es anwenden. »Wot is jor nejm?«

Der Bursche brachte uns drei Bogen und Pfeile, er lächelte. »Jor kard plis!«

»Was will er?« Hot Dog legte einen Pfeil auf und zielte auf das Herz des Türken, aber Pepsi drückte seine kräftigen Arme nach unten.

»Irgendeine Karte ... vielleicht die hier ...« Pepsi zog seine Schlüsselkarte aus der Jackentasche.

»No, enaser wan plis!«, beharrte der Türke höflich.

»Okay … Moment … ach, hier.« Pepsi zog noch eine Karte hervor, die wir an der Rezeption bekommen hatten.

Der Bursche in seinen Shorts lächelte und nahm sie.

»Anscheinend ist das bei denen die lokale Währung, Hotelgeld.« Pepsi lächelte zurück und fragte noch einmal: »Wot is jor nejm?«

»Mujred«, antwortete Mujred.

»Is efrifing okej?«

»Jes!«

»Alles in Ordnung, sagt er, das scheint zu stimmen mit dem Geld – wie damals bei uns in der Schule, wisst ihr noch?«

Wir erinnerten uns an unsere Schule. Nach dem Zerfall der Sowjetunion hatte unsere Direktorin gesagt, von jetzt an würde Demokratie in unserer Schule herrschen. Wir mussten ein Parlament wählen, das die Schule leiten sollte, und es gab eine eigene Währung. Dieses Schulgeld bekam man für gute Noten, und man konnte damit in der Kantine bezahlen, es sparen oder tauschen. Wir vier waren schlecht in der Schule, also nahmen wir den Musterschülern Geld ab. Damit schmierten wir die Parlamentsabgeordneten unter unseren Mitschülern und brachten Gesetze zur Verlängerung der Ferien und zur Aufhebung des Rauchverbots auf dem Schulgelände durch. Einmal haben wir es sogar geschafft, dass der Verkauf von Bier in der Schulkantine erlaubt wurde. Nach zwei Monaten Demokratie erkannte die Direktorin, dass es Zeit war, Truppen einmarschieren zu lassen und das Parlament abzuschaffen, beinahe wäre sie ein neuer Pinochet geworden, aber sie wurde vorher von der pädagogischen Direktorin aufgegessen, die sich als geisteskrank erwies. Das war in der ersten Frühlingswoche, als die Strahlenbelastung durch unser Kraftwerk ihren Höhepunkt erreichte und bei den psychisch Kranken die übliche saisonale Verschlechterung einsetzte. Uns tat das sehr leid – immerhin hatte die Direktorin versprochen, am Ende des Jahres das Schulgeld gegen echtes Geld einzutauschen. Dass sie aufgegessen worden war, hatte man uns damals nicht erzählt, um uns nicht zu schockieren, wir waren ja noch klein, womöglich hätten wir einen Schreck bekommen und dann vielleicht angefangen zu stottern oder einzunässen. Man schonte uns, und deshalb haben wir erst erfahren, wie unsere Direktorin wirklich umgekommen ist, als Natascha ihren Internetanschluss bekam.

»Ar ju nos hau it mast work?« Mujreds Englisch war auch nicht besser als das von Pepsi!

»Also er sagt irgendwie so was wie … also anscheinend will er uns zeigen, wie man schießt.«

»Nein danke!« Hot Dog spannte die Sehne. Sein erster Pfeil flog Richtung Tennisplatz.

»No, no, no!« Mujred bekam Angst um seinen Arbeitsplatz, er stöhnte und fuchtelte mit den Armen. Er holte sich einen Bogen und wollte uns zeigen, wie man damit umgeht. Uns interessierte das nicht – wir waren gewohnt, alles selbst herauszufinden, ohne dass uns einer half, schon gar nicht ein Türke!

»Dont sej ju law mi, dont sej ju nid mi, dont sej ju wont mi – its anderstud! Dont tell jur heppi, ai no it kent bi, kos its no gud! No gud, Hot Dog!« Pepsi war mit seinem Englisch richtig in Fahrt gekommen, und

Hot Dog verstand ihn, weil das ein weiterer Depeche-Mode-Song war. »Ich kann nichts dafür, er ist mir weggerutscht, mach dir nicht in die Hosen, Mujred. Deckung, ich schieße!« Diesmal flog Hot Dogs Pfeil Richtung Zielscheibe, erreichte sie aber nicht.

»Du musst die Sehne richtig spannen, so!« Pepsis Pfeil schnellte geradewegs auf die Zielscheibe zu und bohrte sich hinein, ich klatschte Beifall, Hot Dog spuckte aus und warf den Bogen hin: »Los, wir hauen ab.« Nicht etwa weil er schmollte, nein, er schaute nur zum Tennisplatz hinüber, von wo sich ein kleiner alter Mann in weißem T-Shirt, Schirmmütze und kurzen Hosen näherte, der auf Deutsch zu uns herüberschimpfte. Uns wurde klar, dass es besser war, wenn wir in der Menge der Sonnenbadenden am Strand untertauchten, und das taten wir auch.

Am Strand gab es viele Fliegen und Spinnen. Man musste ständig irgendwelche Insekten abschütteln. Ein Glatzkopf war weit und breit nicht zu sehen.

»Das ist die Feuchtigkeit, deshalb schwirrt dieses ganze Zeug hier rum.« Hot Dog legte seine Jacke auf den Sand und blieb unschlüssig stehen. Wir hatten alle keine Badehose dabei, zumindest keine, in der man in der Öffentlichkeit hätte schwimmen gehen können. Wir sahen überhaupt nicht wie Badeurlauber aus. Wir trugen Jacken … dicke Jacken … für kaltes Regenwetter. Hot Dog sah sich um, hob seine Jacke wieder auf und zog sie an.

»Gehen wir lieber an den Pool, hier werden wir noch aufgefressen!« Pepsi gefiel der Strand auch nicht, natürlich aus demselben Grund wie Hot Dog – wir passten nicht in dieses bunte Bild von Urlaub und Entspannung, schon rein äußerlich. Auch am Pool fand sich kein Glatzkopf. Es waren hauptsächlich junge Männer und reifere Frauen da, und alte Leute, und alle waren Ausländer, niemand sprach Russisch, Englisch auch nicht.

»Das sind Deutsche, ich habe das mal im Fernsehen gesehen, dass die Deutschen sehr viel in der Türkei Urlaub machen, das sind alles Deutsche hier. Die Türken waren nämlich die Ersten, die ihnen geholfen haben nach dem Krieg, sie haben Deutschland wieder aufgebaut, keiner wollte den ehemaligen Faschisten helfen, nur die Türken, und jetzt helfen die ehemaligen Faschisten ihnen. Hier will ja sonst keiner Urlaub machen im Moment, nicht mal die Russen.« Pepsi betrachtete eine hellblonde Frau und ein Kind. Die Frau reckte sich dem Kind entgegen und warf ihm einen Wasserball zu, und bei jedem Wurf spannten sich ihre riesigen Brüste und zeichneten sich deutlich unter ihrem Badeanzug ab. Es sah sehr erotisch und sehr natürlich aus. Nicht wie in Filmen oder auf Porno-Webseiten. Sehr natürlich eben, gar nicht schmutzig, und nicht gestellt. Wir vertieften uns alle drei in den Anblick.

»Kommt, wir legen uns ein bisschen in die Sonne.« Ich legte mich auf eine Liege. Pepsi holte einen Sonnenschirm und legte sich neben mich.

Hot Dog beschloss, seine Jacke wieder auszuziehen. Die Frau spürte unsere Blicke, hob den Kopf und winkte uns zu. Wir wandten uns ab. Mit so viel europäischer Aufgeschlossenheit hatte keiner von uns gerechnet. Wir hätten es passender gefunden, wenn sie uns angeschrien hätte oder weggegangen wäre, aber sie winkte uns zu und spielte weiter mit ihrem Kind. Ihr Winken war also kein Zeichen von Verruchtheit oder besonderer Aufmerksamkeit für uns, sie war einfach nur offen für alles, was es gab auf der Welt, aber das war gar nicht persönlich gemeint. Auch wir zogen uns aus. Nur obenrum. Drei Typen mit nacktem Oberkörper und langen Hosen. So legten wir uns hin. Mit geschlossenen Augen. Ich verstand auf einmal, was Urlaub war. Das ging wirklich – an nichts denken, nirgendwo hinmüssen ... Man konnte sich glatt daran gewöhnen.

»Alle Frauen sind Huren! Also, unsere Mütter sind natürlich Ausnahmen, aber alle anderen! Stimmt's?« Es war klar, worauf Hot Dog hinauswollte.

»Genau – ich würde sogar sagen, es gibt keine Ausnahmen!« Es kostete mich im Halbschlaf große Mühe, mich in das Gespräch einzuklinken, aber ich wollte verhindern, dass Hot Dog sich noch mehr verrannte.

»Ach ja? Meine Mutter ist anders.«

»Du würdest also gern eine Frau wie deine Mutter heiraten?«

»Bloß nicht!«

»Warum verteidigst du sie dann so?«

»Weil sie trotzdem in Ordnung ist, und immerhin ist sie meine Mutter!«

»Also wenn du schon so grundsätzlich über das Dasein nachdenkst, dann sei auch wirklich ehrlich! Statt Ausnahmen zu machen, finde dich lieber damit ab, das Leben ist wie es ist – du bist nur ein Tourist, du hast eine gewisse Zeit, die du hier verbringst, aber das dauert nicht ewig, also versuch nicht, etwas zu ändern, was schon immer so war und immer so sein wird. Frauen sind eben einfach Frauen, sie sind alle gleich, da kann man nichts machen.«

»Wenn dir das nicht passt, kannst du ja die Orientierung wechseln!« Oho! Jetzt hatte Pepsi mich aber richtig aufgeweckt!

»Wechselt doch selber!« Hot Dog versank im Überfluss seiner Gedanken und schlief ein.

Natascha fand und weckte uns. Und zwar gerade noch rechtzeitig: Wir mussten zum Abendessen. Unsere Bäuche waren ganz rot, aber noch tat es nicht weh. Der Sonnenbrand sollte sich erst in der Nacht richtig entfalten, jetzt aber war eben erst der Abend angebrochen, und wir gingen zum Essen ins Restaurant, wo Tische für die Hotelgäste gedeckt waren.

»All-inclusive – geil.« Hot Dog ging mit seinem Teller am Büffet entlang. Er musste einfach überall stehenbleiben und aus jeder Schüssel etwas nehmen. Das Ergebnis war eine kuriose Art Fusionküche: Erdnuss-Halwa und gedünstete Auberginen auf Gurkensalat mit Joghurt.

»Du isst erst das eine, und dann gehst du nochmal und holst dir etwas anderes«, erklärte Natascha, aber Hot Dog hörte nicht zu, sondern experimentierte weiter. Der Saal war brechend voll, also setzten wir uns an einen Tisch auf der Terrasse. Ein Kellner kam und fragte, was wir trinken wollten. Wir entschieden uns alle für Bier. Türkisches Fassbier, ein Meer von Essen, und dazu noch das richtige Meer – so ein Leben müsste man immer haben, wo alles schon inbegriffen ist. Im Himmel gibt es wahrscheinlich auch so eine Einteilung: Die einen müssen immer wieder zusehen, wie sie Geld verdienen und wo sie etwas zu essen herkriegen, die anderen liegen in der Sonne und setzen sich alle zusammen an den Tisch, und es ist von vornherein klar, was sie essen und trinken – allerdings weiß ich nicht, was davon interessanter ist.

»Tut es weh?«

»Bis jetzt nicht. Wir müssen uns Kefir besorgen.« Pepsi betastete seinen Bauch.

»Pfui, Mist, was habe ich mir denn da Süßes geholt?!«

»Wo?« Natascha stocherte mit der Gabel auf Hot Dogs Teller herum. »Was ist das denn für ein Mischmasch, was isst du da überhaupt?«

»Na, Essen!«

»Das tut man doch nicht alles auf einen Teller, da ist doch auch Nachtisch dabei! Das ist ein Büffet! Da gibt es salzige und süße Sachen, und du kannst dir aussuchen, was du willst – aber doch nicht alles gleichzeitig!«

Ich aß Nudeln, Tomaten und Huhn. Ich esse immer das, was ich kenne, wo ich mir sicher bin.

»Lasst euch nicht verleiten von dieser Vielfalt, wir müssen uns erst mal akklimatisieren, danach können wir richtig loslegen!«

»Aber vielleicht gibt es ja gar kein ›danach‹! Und wo schütte ich das Zeug jetzt hin?«

»Lass es stehen, lass alles hier, das räumt gleich jemand ab. Geh schon, hol dir irgendein einzelnes Gericht und iss das!« Die gereizte Natascha aß Käse und gedünstetes Gemüse.

»Nein, ist das geil, was es hier alles gibt! Geil, wirklich.«

Hot Dog rannte los ans Büffet. An unseren Tisch kam wieder ein Kellner. Natascha bat ihn, Hot Dogs Teller abzuräumen und bestellte noch eine Runde Bier.

»Ar ju raschens?« Der Kellner lächelte Natascha an.

»No! Wi ar from Litwejnia!«

»Oh!« Der Kellner lächelte wieder und ging.

»Wir sagen lieber nicht, dass wir Russen sind. Ich habe gesagt, wir sind aus Litauen.«

»Wieso aus Litauen?«

»Erstens gibt es da auch Leute, die Russisch sprechen, und er hat doch eindeutig deshalb gefragt, weil er uns reden gehört hat, und zweitens weiß der Typ sowieso nicht, wo Litauen liegt. Wer weiß, vielleicht sind Russen hier genauso unbeliebt wie im Fußball.«

»Was geht den das überhaupt an, wo wir herkommen?! Dreckskerl! Es reicht, wenn du Bier bringst und die Teller abräumst!« Pepsi ließ einen Bissen auf das Tischtuch fallen. »Dreckskerl!«

»Mit Kellnern soll man nicht streiten – am Ende spuckt er uns noch ins Bier.«

»Wir sollten uns überhaupt lieber ruhig verhalten, wir dürfen nicht auffallen!«

Vom Büffet her kam ein furchtbarer Krach. Hot Dog hatte das Gleichgewicht verloren ... Wir sprangen auf und liefen zu ihm. Er lag auf dem gefliesten Boden, völlig mit Essen verschmiert, und neben ihm stand ein Plastikschild – offenbar ein Hinweis darauf, dass der Boden hier sehr glatt war. Auf dem Schild stand *Caution,* und es war ein auf dem Boden liegender Mensch darauf gemalt, der Hot Dog sehr ähnlich sah. Von den anderen Hotelgästen war niemand in diesem Bereich unterwegs, wahrscheinlich weil sie den Sinn des Schilds verstanden. Alle gingen über den Holzfußboden zum Büffet. Dieser Weg zum Essen war länger, aber sicherer. Hot Dogs Geschrei war im ganzen Restaurant zu hören, selbst die Gäste, die weiteraßen und nicht gucken kamen, aßen jetzt ohne Appetit. Hot Dog war in Form – seine selbsterfundenen

Schimpfwörter beschallten den ganzen Küstenstreifen.

»Trottel.« Natascha schüttelte den Kopf und ging zurück an unseren Tisch. Pepsi und ich blieben bei Hot Dog. Der Hotelarzt kam und untersuchte Hot Dogs Bein. Er versuchte erst, türkisch mit Hot Dog zu sprechen, dann englisch, dann deutsch, und dann bat er die Kellner, Hot Dog in sein Sprechzimmer zu tragen. Wir folgten ihm – mit den Augen, dann gingen wir zurück zu unserem Essen.

»Okay.« Nataschas Augen glänzten auf einmal. »Wartet hier auf mich, ich muss kurz was erledigen.« Bestimmt war ihre Verachtung für Hot Dog schon verflogen, und sie machte sich Sorgen. Vielleicht würde sie ihn aus Mitleid jetzt überhaupt anders sehen. Frauen brauchen das – sie müssen Mitleid haben, sonst ist es keine Liebe für sie. Mitleid demütigt. Das wissen die Frauen, die lieben, und diejenigen, die aus Mitleid geliebt werden, wissen es auch. Ohne Demütigung keine Liebe, mit anderen Worten.

»Endlich.«

»Was, endlich?« Pepsi machte eine Dose Pepsi auf.

»Na, endlich versöhnen sie sich. Wo hast du denn die Dose her?«

»Von da drüben, neben dem Wein.«

»Wein gibt es auch?«

»Ja, aber der ist nicht mehr gut.«

Ich sah mich um.

»Aber alle trinken ihn!«

»Weil er nichts kostet! Als ich meinen Sommelier-Kurs gemacht habe, haben wir gelernt, wie man das erkennt: Man muss den Wein erst nur mit der Zungenspitze probieren – wenn es prickelt, ist er umgekippt!«

»Was für einen Kurs hast du gemacht?«

»Einen Som-me-lier-Kurs!«

»Wann denn?«

»Ach, da warst du grade beim Militär.«

Ich habe eine seltsame Eigenschaft, die mir sicher manchmal hilft, aber auch Probleme macht: Ich vergesse leicht. Wenn mir etwas unangenehm ist, dann kann ich es ganz nebenbei einfach vergessen – und dann fällt es mir plötzlich wieder ein, ganz von selbst, ich habe sozusagen keine Kontrolle darüber. Die Militärzeit habe ich vergessen, und solange sie mir nicht wieder einfällt, geht es mir gut.

»Der Riviera-Club, kennst du den, die haben solche Sommelier-Kurse veranstaltet, da war ich. So ein cooler Typ aus der Stadt hat das gemacht, aus dem *Fellini*, ein echter Profi, wie der geschnuppert und gelutscht hat, und das Glas hat er so gehalten mit seinen dicken kleinen Fingern ... den hatten sie angemietet, der hat uns das beigebracht.« Pepsi machte den Typen aus dem *Fellini* nach, er hob sein Bierglas und roch daran. »Aber am Ende«, hier brach er in so lautes Gewieher aus, dass der ganze Saal es hörte, »hör zu, das Ende war schon nach einer Woche – Andrjuscha, du kennst doch Andrjuscha, also Andrjuscha hat irgendwas gefeiert bei uns im Restaurant, und dieser Clown hat ihn beobachtet, eine ganze Weile hat er ihm zugeschaut und dabei so geschnauft, irgendwas hat ihn aufgeregt, und mit einem Mal stürzt er aus der Küche, zitternd vor Wut, und läuft zu Andrjuscha und sagt: Zu diesem Fisch trinkt man Weißwein! Und dazu macht er so ein Hauptstadtbewohner-Gesicht. Na ja, sein Rat kam nicht ganz zum richtigen Zeitpunkt, Andrjuscha hat ihm mit dem Korkenzieher den Schädel eingeschlagen, und unser Kurs ist danach aufgelöst worden. Aber ich habe mir alles gemerkt … der Wein hier ist jedenfalls nicht mehr gut.«

Ich hatte aufgegessen und ging Tee holen. Pepsi lachte immer noch. Das sah ich von weitem, als ich einen Bogen um die Stelle machte, wo Hot Dog hingefallen war – Pepsi lachte und schaute dorthin, wo ich eben noch gesessen hatte. Wahrscheinlich war es ihm ganz egal, ob ich da war oder nicht. Pepsi hatte einen exklusiven Gesprächspartner, der immer bei ihm war, sodass ihm auch alleine nie langweilig war.

»Andrjuscha sagt noch zu ihm: Ich trinke immer Rotwein! Und zack!« Pepsis Hand fuhr abrupt durch die Luft. »Oh, geil, wo hast du die denn her?«

Ich stellte ein paar Teller mit kleinen Kuchen auf den Tisch.

»Von da drüben, bei der Kaffeemaschine. Die hier kann ich nicht empfehlen.« Ich zeigte auf einen mit Nüssen bestreuten Kuchen. »Die sind nicht so toll, ich habe unterwegs probiert, hätte lieber was anderes nehmen sollen, aber probier mal, vielleicht magst du sie ja.«

Pepsi steckte meinen angebissenen Kuchen in den Mund und verzog das Gesicht. Natascha kam zurück.

»Krass, Hot Dog hat sich den Arm gebrochen! Und einen Sonnenbrand am Bauch! Er kann zwei Wochen umsonst hier wohnen! Auf Kosten des Hotels!«

»Hey, lass uns auch hinfallen!«

»Nein, nochmal kommen wir damit nicht durch. Die sind vielleicht unverschämt! Ich habe gesagt, wenn ihr nicht zahlt, verklagen wir euch, was soll das denn, vor dem Abendessen bohnern! Er liest eure albernen Schilder eben nicht! Und wo steht das auf Russisch, dass es hier glatt ist? Wie im Fußball, genau dieselbe Haltung!«

Es ist schon erstaunlich, Pechvögel haben einfach immer Glück, das ist so eine Art Entschädigung für sie im Leben – wer hinfällt, darf umsonst im Hotel wohnen, wer drogensüchtig ist, muss dafür nicht zum Militär – deswegen sind auch Pepsi und Hot Dog durchgerutscht. Jetzt denke ich schon wieder ans Militär. Nicht dran denken, bloß nicht dran denken ... Genau, das letzte Mal, dass ich mich daran erinnert habe, das war bei meinem Vorstellungsgespräch im Atomkraftwerk – ich dachte, die nehmen mich als, na ja, um die Papiere der Leute zu kontrollieren am Werkstor, aber sie haben nur einen Blick auf mich und meine Akte geworfen, dann hieß es: »Sie mit Ihrer Erfahrung, Sie müssen doch Scharfschütze bei uns werden!« Ich kam nach Hause, und alles war wieder da, alles, was ich erlebt hatte. Damals bin ich ... es war September, die Schule fing gerade wieder an, ich stand am Fenster und habe zugeschaut, wie die Kinder in die Schule gehen. Meine Eltern waren nicht da, meine Schwestern waren in der Fachschule ... ich habe das Fenster zugemacht, das Gas aufgedreht, habe mich aufs Sofa gelegt und die Augen zugemacht. Meine Mutter hat mich geweckt. Ich schlug die Augen auf und dachte, wahrscheinlich hat sie das nicht überlebt, dass ich mich umgebracht habe, deswegen sehen wir uns jetzt wieder ... aber meine Mutter sagte, zum Abendessen gibt es nur belegte Brote, irgendeine technische Störung, in der ganzen Stadt ist das Gas abgestellt. Ich weiß nicht, ob das die Wahrheit war, manchmal habe ich das Gefühl, ich lebe, aber das, was ich erlebe, ist kein richtiges Leben. Wahrscheinlich bin ich damals doch erstickt, und was mich jetzt umgibt, ist das Jenseits, für mich sieht das Jenseits eben so aus. Aber das ist bestimmt Unsinn, natürlich, es kann doch nicht sein, dass meine Freunde auch alle hier sind! Und jetzt hat Hot Dog sich auch noch den Arm gebrochen! Gut, dass ich alles Schlimme so schnell vergesse – solange es mir nicht zufällig wieder einfällt!

»Was ist denn?« Natascha und Pepsi hatten aufgehört zu essen und sahen mich an.

»Wieso erzählst du uns das alles?«

»Was erzähle ich?« Ach so – mein innerer Monolog, von dem ich dachte, ich hätte ihn nur mir selbst gehalten, war zum Teil auch nach außen gedrungen.

»Allerdings ist er das, reiß dich zusammen, okay?« Pepsi goss sich den Rest seiner Pepsi ein und ging Kaffee holen.

»Wozu braucht Hot Dog eine zweite Woche?«

»Wer weiß, vielleicht schaffen wir es ja nicht in einer Woche! Dann kann er es zu Ende bringen, und überhaupt ...«

Natascha zerbrach sich übrigens nicht groß den Kopf darüber, wie wir das Ding hier drehen würden. Wahrscheinlich – stopp – darüber denke ich besser nach, wenn ich alleine bin, wer weiß, vielleicht denke ich schon wieder laut ... besser später alleine nachdenken ... wenn ich es bis dahin nicht vergesse.

»Vielleicht brauchen wir die zweite Woche auch gar nicht, aber passieren kann es schon, dass wir hier hängenbleiben, im Ernst, überleg mal.«

»Ja, später, wenn ich alleine bin.«

»Genau, später.«

»Krass, was es da alles gibt, hier, bedien dich.«

Pepsi stellte einen großen Teller vor Natascha ab. »Karamelisierte Früchte!«

»Oh! Super! Die mag ich gerne.« Natascha probierte, stand auf und ging sich selbst etwas Süßes holen.

»Beeil dich, auf die Dinger stürzen sich alle!« Pepsi grinste mit vollem Mund.

»Von dem Kuchen hast nur du was genommen!«

»Woher sollte ich das denn wissen, am ersten Tag muss man doch erst mal alles auskundschaften.«

»Und am zweiten geht's ab in die Schlacht!«

Nicht ans Militär denken, nicht daran denken …

»Natascha hat gesagt, wir müssen vielleicht eine zweite Woche dranhängen.«

»Ach was, wir erledigen den Typ auf die schnelle Tour und hauen ab! Was sollen wir hier? Oder?«

»Gefällt es dir hier nicht?«

»Na ja, doch … Wir müssen Hot Dog was mitbringen. Ich gehe ihm was holen.« Pepsi zog eine Plastiktüte mit der Aufschrift *Swjosdny* aus der Tasche, eine Tüte aus unserem heimischen Supermarkt, und ging auf Beutezug. Ich blieb allein zurück.

Bestimmt hatte Natascha mit ihren speziellen Beziehungen zum FSB denen einen Hinweis auf unsere Reise gegeben. Hundertprozentig. Sie informierte die sowieso über uns, über alle ihre Freunde – anders konnte es gar nicht sein, in einer geschlossenen Stadt musste man aufpassen, immer auf dem Laufenden sein … Natascha war ein Spitzel, klar – aber sie hatten uns rausgelassen, also waren sie wohl irgendwie auf unserer Seite … wahrscheinlich hatte unsere Regierung gar nichts dagegen … das wäre ja krass, wenn das stimmte – ich wollte schon immer mal was für unser

Land tun, aber so, dass es auch was davon mitkriegt. Ich wollte sogar Agent werden, vielleicht wäre ich sogar in den FSB eingetreten, aber ich hatte mir gemerkt, was unser Präsident mal in einer Fernsehsendung über den Anfang seiner Karriere beim KGB erzählt hatte – er wollte auch da eintreten, aber sie sagten ihm: Wissen Sie, in unsere Organisation kann man nicht eintreten – wenn es so weit ist, dann kommen wir zu Ihnen und nehmen Sie auf. Vielleicht war es jetzt auch für mich so weit?

Pepsi hatte eine ganze Tüte mit Essen vollgepackt, wir gingen zum Ausgang.

»Hoppla!« Pepsi starrte einen Aushang neben der Tür an: »Bitte kein Essen aus dem Restaurant mitnehmen!« stand da. Und zwar auf Russisch!

Ein Typ kam auf uns zu, anscheinend war das der Oberkellner hier. Wir erinnerten uns, dass wir nicht auffallen durften, also gaben wir ihm ohne Widerspruch die ganze Tüte, gingen zurück ans Büffet, holten Hühnerschenkel, Quitten und Kuchen, wickelten alles in Papierservietten, stopften es in unsere Taschen und gingen zu Hot Dog aufs Zimmer.

Hot Dog guckte Pay-TV für Erwachsene.

»Das ist Pay-TV für Erwachsene«, sagte Natascha nach einem flüchtigen Blick auf die kleine Tafel neben dem Fernseher, auf der erklärt war, wie man diesen Kanal einstellte und was er kostete – dass Hot Dog da überhaupt durchgeblickt hatte!

»Bezahlung pro Stunde.«

Hot Dog drückte nervös auf der Fernbedienung herum, auf der Suche nach dem Ausschaltknopf.

»Nein, reg dich nicht auf, für dich ist jetzt alles im Zimmer kostenlos, inklusive Minibar und Pornos!«

Hot Dog war ehrlich erfreut, vielleicht zum ersten Mal seit unserer Ankunft im schönen fremden Land.

»Tut der Arm weh?«, fragte ich teilnahmsvoll.

»Nee ... geh mal zur Seite!«

Ein schlankes rothaariges Mädchen – offenbar eine Bibliothekarin, um sie herum standen nämlich lauter Bücherregale – hatte ein Buch fallenlassen, jetzt näherte sich ihr von hinten ein zwei Meter großer schwarzer Buchliebhaber, und ich stand vor dem Bildschirm. Ich ging aus dem Weg, sollte er gucken, vielleicht tat ihm der Arm deshalb nicht weh, weil der Porno ihn ablenkte. Ich hatte auch Pornos geguckt, im Internet, als Natascha damals ihren Anschluss bekam, aber dann war ich auf Kontaktseiten umgestiegen, wo Frauen Fragebögen ausfüllen und Fotos hinschicken. Ich hatte sogar eine elektronische Bibliothek auf Nataschas Computer angelegt. Das war schärfer als jeder Porno. Es war das wahre Leben in einer seiner seltsamsten Formen. Nichts Ausgedachtes, alles war echt, aber trotzdem sollte es unbedingt schön aussehen. Deshalb hatten jedes Foto und jeder Fragebogen etwas Inszeniertes – und zugleich so Naives, denn es war ja immer die Person selbst, die sich überlegt hatte, in dieser Pose sehe ich besser aus, dieses Kleid steht mir auf jeden Fall, ich muss den Mund etwas öffnen oder lächeln ... Für mich war jedes Foto wie eine Bombe, die die jeweilige Person in sich zündete – nur um irgendwann einen Partner zu finden und dann vielleicht einmal mit ihm zu schlafen, oder auch mehrmals. Keiner begriff, was ich mit dieser privaten halberotischen Sammlung wollte, wo es doch jede Menge Pornoseiten gab, aber was ich suchte, war etwas Lebendiges, Echtes, vielleicht auch der echte Horror.

Nachdem wir Hot Dog besucht und ihm etwas zu essen dagelassen hatten, wollten wir nicht länger stören. Er guckte weiter sein Erwachsenenfernsehen, Pepsi und ich gingen in den hoteleigenen Nachtclub und Natascha ins Hallenbad. Wir dachten, wir tanzen eine Runde, und dann gehen wir auch schwimmen.

Der Club hatte den Namen Club allerdings kaum verdient. Sogar das *Riviera* bei uns zu Hause machte mehr her, sowohl von der Musik als auch von der Einrichtung her. Das hier war einfach ein ganz normaler Saal mit einem DJ-Pult und einer kleinen Bar, das war alles. Eine farbige Discokugel an der Decke warf bunte Lichtreflexe auf den ganzen Raum, in den Ecken standen irgendwelche Gestalten herum, in der Mitte tanzten drei Pärchen. Sie sahen furchtbar aus.

»Tja, schade ...« Das hätte man sich ja denken können. Ehrlich gesagt, hatte ich mir insgeheim ausgemalt, dass vielleicht irgendeine Ausländerin mich der Exotik halber ansprechen würde und dass sich aus dieser Bekanntschaft irgendwas ergeben könnte. Das waren doch ganz andere Menschen, vielleicht liebten sie ja auch anders, bei uns machte mir das alles irgendwie keinen Spaß, aber vielleicht hatten die noch etwas zu bieten. Dieser Club hier hatte mir allerdings nichts zu bieten. Und Pepsi auch nicht.

»Aber es gibt doch auch junge Leute hier, ich habe doch welche gesehen am Strand. Wo hängen die denn am Abend alle ab?« Pepsi sah sich hektisch nach allen Seiten um. Verdammt, richtig, er war ja vor unserem Abstecher in den Club auf die Toilette gelaufen. Ich hätte ihm sagen sollen, dass er sich nicht zukoksen soll. Ich mochte diesen Zustand nicht bei ihm. Er wurde immer sofort nervös. Offenbar bestand seine typische Reaktion auf Entspannung eben nicht darin, dass er sich entspannte, sondern in Paranoia, Verfolgungswahn und dergleichen mehr. Ich bin übrigens fest davon überzeugt, dass es so etwas wie Highsein oder Relaxen zwar gibt, aber dass man das mithilfe von Drogen oder Alkohol erreicht, ist Quatsch. Drogen und Alkohol verschaffen dir deine Lieblingsgefühle, und das ist für den einen vielleicht das Gefühl von Einsamkeit, von Verlassenheit, und für einen anderen einfach nur Schmerz, Unruhe oder Angst. Irgendwer hat irgendwann wohl beschlossen, alle als »Drogensüchtige« in einen Topf zu werfen, und hat dafür das Wort »high« erfunden, aber diese Begriffe bedeuten überhaupt nichts. Wenn sich das alles so einfach mit einem Begriff beschreiben ließe, dann könnte man auch die Sucht einfach heilen.

»Wo sind die denn alle? Wo denn? Wieso sagst du nichts?« Pepsi beugte sich vor, ließ sich ruckartig auf ein Sofa fallen und zupfte an seiner Frisur herum.

Nein, ich mag diesen Zustand nicht bei ihm, ich mag ihn wirklich nicht. Ich weiß noch, einmal kam Pepsi mich bei der Arbeit besuchen und wollte sich verstecken, er hat versucht, in den Schrank zu klettern, ist unter den Tisch gekrochen … wie sich herausstellte, hatte er viel zu viel gekokst und war dann Fallschirmspringen gegangen – das wollte er schon lange mal, hatte aber immer Angst gehabt, und er dachte, das Kokain würde ihm helfen, die Angst zu überwinden. Für einen Moment war die Angst auch wirklich weg, aber dann hatte Pepsi irgendwas oder irgendwen gesehen, irgendjemand kam neben ihm vom Himmel gefallen, und das hatte ihm offenbar einen Schreck eingejagt … Ich war verblüfft, dass man ihn überhaupt hatte springen lassen, aber das war anscheinend ganz einfach: Man brauchte nur dreieinhalbtausend Rubel in unseren Fallschirmsportverein einzuzahlen, dann gaben sie einem einen Fallschirm, zeigten einem, welche Leine man ziehen musste, man unterschrieb ein Papier, dass man einen Kurs besucht hatte, stieg ins Flugzeug und los ging's. Natürlich gab es auch einen Arzt, der einen untersuchte vor dem Sprung, aber was machte das schon, wenn da einem Typen fast das Herz aus der Brust sprang – das war eben ein junger Körper, sehr lebendig! Dreimal am Tag nahm das Flugzeug Leute mit, die springen wollten, es herrschte enormer Andrang in diesem Verein. Ich hatte gedacht, man müsste sich erst lange vorbereiten auf den ersten Sprung, aber es gab wohl eine Höhe, von der man ohne besondere Vorkenntnisse einfach mal abspringen konnte. Ich habe mich später gründlich informiert in diesem Verein, aber gesprungen bin ich nicht, ich traue der Sache nicht – und am Ende hätte ich womöglich auch noch jemanden gesehen da oben.

»Faschisten! Dreckige Faschisten! Verbrecher! Wohin gehen wir jetzt, wo haben die sich versteckt?«

»Erstmal raus.« Wir gingen nach draußen. Direkt vor dem Pool war eine Bühne mit einem kleinen Amphitheater aufgebaut. Alle Urlaubsgäste saßen hier und lauschten einem Konzert. Die Animateure hatten kleine Kinder auf die Bühne geschleift und sangen Britney-Spears-Songs mit ihnen. Die Eltern kreischten vor Entzücken, die Kinder kreischten vor Schreck – alle waren glücklich. Eine Apotheose des Lebens!

»Ach so, das ist ein Familienhotel hier! Dass die uns überhaupt reingelassen haben ohne Kinder, bestimmt schmeißen sie uns wieder raus!«

»Niemand schmeißt uns raus!«

»Doch, verstehst du das denn nicht? Wir brauchen ein Ki-hind!«

»Gar nichts brauchen wir, reg dich ab! Wir sind einfach in einem familienfreundlichen, ruhigen Hotel – viel zu ruhig ...«

Wir schlugen uns zur Bar neben dem Amphitheater durch. Wie viele Bars gab es hier eigentlich? Das Hotel musste wohl besonders angesagt sein, oder einfach nur sehr gut – klar, all-inclusive eben.

»Guck mal, fünf Sterne.« Pepsi starrte mit aufgerissenen Augen in den Sternenhimmel und brüllte: »Ein Fünfsternehotel, und überall nur Kinder! Kinder, Faschisten, Besatzer, elende Verbrecher!«

»Bir, plis.« Ich bestellte ein Bier für Pepsi, der Alkohol würde den Drogenrausch verdrängen – doch, manchmal ist das wirklich so! Erst wird der Rausch gigantisch stark, und dann verdrängt allmählich das eine das andere. Ich überlegte kurz, dann drehte ich mich noch einmal zu dem Kellner um: »End konjak for mi!«

»Fri konjak?« Der Kellner sah mich nicht an, seine Hand schwebte genau zwischen zwei Flaschen – auf der einen stand *Hennessy*, auf der anderen etwas Türkisches.

»Fri, was heißt fri auf Englisch, Pepsi?«

»Fritiert, also Pommes Frites heißt das, lecker!« Pepsi trank schon sein Bier, aber ich wollte keine Fritten, ich hatte eben erst gegessen: »Nou fri!«

Der Türke griff nach dem *Hennessy*.

»Jor kard plis!«

Was dieser Satz bedeutete, wusste ich inzwischen, also hielt ich ihm die Zauberkarte hin, die irgendwie dafür sorgte, dass ich nichts bezahlen musste für das, was ich wollte. Komisch, für das Bier verlangten sie keine Kard …

»Das wird hier gebraut!«

»Efes – stimmt, das stand doch auf den Trikots der türkischen Spieler. Das ist also das Bier von hier!«

»Das brauen die hier selber!«

»Ja. Also, wohin jetzt? Lass uns in die Bar da drüben gehen.« Ich zeigte auf eine weitere Bar am Pool, mit Veranda und kleinen Sofas. Der eine Teil der Bar war gewissermaßen drinnen, der andere im Freien.

»Cool, wollen wir uns hinlegen?«

»Okay.« Wir deckten uns mit Kissen ein und lagen dann einfach da und guckten, wie alle anderen herumliefen und guckten. Ich trank Cognac, Pepsi trank Bier.

»Als hätten wir nie woanders gelebt, oder?«

»Nee, ich will hier nur den Schiedsrichter töten, zu Hause bin ich ganz woanders!« Pepsi wurde langsam wieder normal … und welcher seiner Zustände war nun besser?

»Also ich bin ganz entspannt, so entspannt fühle ich mich selten …«

»Ich fühle mich überhaupt selten. Wenn ich mal was fühle, werde ich sofort nervös! Jetzt zum Beispiel!«

»Ich gar nicht!«

»Gib mal den Cognac.«

Ich reichte Pepsi den Cognac rüber und nahm sein Bier. Auch nicht schlecht. Wenn es morgen heiß würde, wäre überhaupt alles bestens.

»Keine schlechte Kombination, oder, heißes Wetter und Bier?«

»Ja, wenn es heiß ist, ist überhaupt alles … gehen wir schwimmen?«

»Okay, aber ich habe keine Badehose.«

»Ich auch nicht.«

»Morgen kaufen wir uns welche, es gibt hier auch Geschäfte, im Erdgeschoss –«

»Wo der Nachtclub ist?«

»Nein, weiter oben.«

»Wie kann das Erdgeschoss weiter oben sein als der Club? In welchem Stock ist der denn dann?«

»Im minus Ersten.«

»Also im Keller.«

»Nein, hier heißt das minus erster Stock.«

»Ach ja?«

»Ja, und dann gibt es auch noch einen nullten Stock, da gehen wir zum Essen hin, und die Geschäfte sind im Erdgeschoss – oder sind sie auch im nullten Stock, das weiß ich nicht mehr.«

Null, minus eins – hier kam keine Zahl zu kurz, bei uns dagegen war alles unter eins schon Keller, und da ging man besser nicht hin. Aber klar, bei so einem großen Land, wozu sollten wir uns da in die Erde eingraben, bei uns ging eben alles in die Breite oder nach oben ... interessant, ein minus erster Stock ...

»Vielleicht sollten wir gleich hier liegen bleiben und im Freien schlafen?«

»Wenn schon, dann lieber am Meer.«

»Ich mag das Meer nicht.«

»Wieso bist du dann ans Meer gefahren?«

»Ich bin nicht ans Meer gefahren, ich bin hier, um den Schiedsrichter zu töten! Ist ja nicht meine Schuld, wenn der am Meer ist.«

»Stimmt, schuld ist hier sowieso nur der Schiedsrichter, sonst keiner – und wir werden ihn bestrafen!«

Ich beschloss, den anderen Cognac zu probieren –

für den man übrigens keine Kard vorzeigen musste. Es war türkischer Cognac, eine scheußliche, beißend scharfe Brühe, zäh wie Pflaumenmus. Wie konnte man nur solchen Cognac herstellen?

»Und, nicht so toll?« Pepsi streckte die Hand aus, ich gab ihm mein Glas. »Buaah!« Pepsi schüttete den türkischen Cognac auf den Boden. Ich legte mich wieder hin, schob die Hände unter mein Kissen und spürte etwas Glitschiges, Klebriges. Besser, ich hätte es nicht hervorgezogen – Pepsi hätte beinahe gelacht, begriff aber, dass ich das übelnehmen könnte, also verzog er nur das Gesicht – ich hatte ein frisch benutztes Kondom in der Hand. Irgendwer hatte gerade erst etwas angestellt hier, genau auf diesem Sofa. So war sie, ihre Welt: Äußerlich sah alles schön aus, Design, Sofas, aber wenn man tiefer schürfte – bitte sehr!

»Komm, wir gehen, ich setze mich hier überhaupt nirgends mehr hin!«

»Dreckskerle! Jetzt sind wir voll mit diesem Zeug, schau, das Sofa hat überall Flecken!«

Wir gingen ins Hallenbad, wo Natascha schwimmen war. Ich beugte mich hinunter und wusch meine Hand im Becken. Natascha kam an den Rand geschwommen.

»Schwimm mal ein Stück weg!«

»Was?«

»Schwimm mal kurz weg hier, komm, wir gehen auf die andere Seite!«

»Ich bin müde, ich bleibe hier!«

»Mann! Schwimm weg, sage ich!«

»Ich will aber nicht! Wo wart ihr denn?«

»In einer Bar. Und dann bei einem Konzert.« Pepsi erstattete brav Bericht über unseren Abend, und ich überlegte inzwischen: Im Becken waren noch drei Leute, wie würden die wohl reagieren, wenn ich in Unterhosen schwimmen ginge, in meinen ganz normalen Unterhosen, ohne mich umzuziehen? Bestimmt würden sie einen Aufstand machen, und so was kann ich überhaupt nicht leiden, ich gehe erst schwimmen, wenn ich eine Badehose gekauft habe!

»Das sieht doch hier keiner!« Pepsi war alles egal.

»Und ob! Morgen kaufen wir euch Badehosen! Ihr hättet ja auch welche mitnehmen können, das hatte ich euch doch gesagt, was habt ihr euch denn dabei gedacht?« Natascha wusch sich das Gesicht mit Wasser aus dem Becken ab, dabei bekam sie etwas ins Auge und fing an, heftig zu blinzeln.

»Das Thema des Tages! Wir reden nur noch über Badehosen!« Pepsi fing an, sich auszuziehen und ließ seine Kleider am Beckenrand fallen.

»Zieh dich wenigstens da drüben aus.« Ich zeigte auf die Holzliegen – parallel zum Becken standen Hunderte von Holzliegen, da konnte er sich wenigstens ordnungsgemäß ausziehen. Pepsi sah nicht einmal hin. Als er in seiner Simpsons-Unterhose ins Wasser klatschte, kletterten die übrigen Schwimmer aus dem Becken. Ich ging trotzdem nicht rein, auch wenn jetzt nur noch Pepsi und Natascha im Wasser waren. Ich wollte auf mein Zimmer, aber dann sah ich vor dem Schwimmbad einen Wegweiser zum Bowling. Ich folgte ihm. Bowling hatte ich noch nie gespielt, ich hatte nicht einmal versucht, es zu lernen. In meiner Stadt war das undenkbar – ich hätte mit Freunden gehen müssen, oder zumindest wäre irgendwer von meinen Freunden zufällig dabei gewesen, und das bedeutete Stress und Spott bei jedem Fehlschuss. Hier dagegen gab es nur diese komischen Türken, die sowieso keine Ahnung hatten, wer ich war und warum ich traf oder eben nicht – der ideale Ort, um mit Bowling anzufangen.

»Helo!« Drei Bahnen, ein verschlafener Typ und ich.

»Hai! Ar ju nid plej?«

»Jes!«

»Wan?«

»Jes!«

»Jor …«

»Mai kard?«

»Jes!«

»Plis!« Die Zauberkarte kam auch für mein Bowling auf!

Der Türke hielt mir ein Paar Schuhe hin. Na toll, jetzt sollte ich hier fremde Schuhe anziehen.

»No.«

»Wot?«

»No schus.«

»No possibl …«

»Wirklich?«

»Jes!«

Ich musste tatsächlich fremde Schuhe anziehen. Wenn wir nicht einen Mord geplant hätten, hätte ich das nie und nimmer getan. Wer weiß, was man sich da alles holen konnte, Fußpilz oder sonst noch was, und wer würde mich davon dann wieder heilen, dieser Türke vielleicht? Ach, jemand sorgt für unsere Gesundheit und setzt Desinfektionsmittel ein? Schwachsinn. Das kommt sogar bei den Mädchen selten vor, dass eine mal an ihren Freund denkt und sich desinfiziert, umso mehr kann man bei türkischen Schuhen auf

Überraschungen gefasst sein! Aber andererseits, was hält der morgige Tag für mich bereit? Das weiß niemand, und es ist gut möglich, dass ein Pilz nicht das Schlimmste ist, was mich erwartet. Bei diesem Gedanken zog ich die Schuhe an.

»Okay, und wie geht das jetzt?« Ich hatte mir die leichteste Kugel ausgesucht.

»No, no, no.« Der Türke kam zu mir gelaufen und zeigte auf eine andere Kugel, die ich offenbar nehmen sollte. Sie war viel schwerer und unhandlicher als meine.

»It mast bi sis boll!«

Der Türke hatte sofort kapiert, dass das mein erstes Mal war, er wollte mir helfen. Er lief auf die Bahn und gab mir Zeichen, dass ich die Kugel direkt auf ihn zurollen sollte. Ich ließ los, die Kugel rollte, der Türke sprang im letzten Moment zur Seite, und meine Kugel warf einen Haufen Kegel um, nur zwei blieben stehen.

»Gud! Nais schot!«

Jetzt musste ich diese zwei Kegel treffen. Der Türke ging an eine andere Stelle auf der Bahn und machte mir wieder Zeichen, ich solle in seine Richtung werfen. Ich warf, er sprang weg, die Kegel fielen um!

Ausgezeichnet! Die Maschine stellte eine neue Partie Kegel auf, der Türke trat zur Seite und meinte, ich solle jetzt allein spielen, ohne seine Zielhilfe. Ich warf, die Kugel sprang aus der Bahn und traf keinen einzigen Kegel.

»O!« Der Türke zuckte mit den Schultern und ging zurück an seinen Tisch.

Ich warf noch einmal – die Kugel haute wieder ab. Beim nächsten Mal traf ich zwei Kegel, schaffte es aber nicht, die übrigen abzuräumen. Die Kugel war schon wieder aus der Bahn geflogen. Der Türke beachtete mich überhaupt nicht. Das gefiel mir nicht. Ich ging zu ihm.

»Wot is jor nejm?«

»Retik.«

»Okay, Retik, hier!« Ich hielt ihm fünf Euro hin. »Its for ju, bat ju mast help mi.« Mit den fünf Euro lockte ich den Türken an und stellte ihn wieder auf die Bahn. Der Rest des Spiels lief bestens. Mit meiner lebendigen Zielhilfe kam ich auf einhundertfünfzig Punkte, was fürs erste Mal schon ziemlich gut war. Der Türke stellte sich jedes Mal woanders hin, er drehte sich um, schätzte die Entfernung ab, gab mir dann ein Zeichen und sprang vor meiner Kugel zur Seite. Ein paarmal dachte ich kurz, er würde es nicht mehr schaffen, ich ertappte mich sogar dabei, dass ich nicht so sehr die Kegel treffen wollte, sondern vor allem ihm einen Schuss vor die Beine verpassen, bevor er zur Seite springen konnte, aber er war sehr geschickt, sehr geschickt, dieser Türke ...

»Its finisch!« Offenbar war das Spiel zu Ende. »Wan mor gejm?«

»Nein, genug.« Man müsste überhaupt so einen Türken im Leben haben, der einem zeigt, was man machen und in welche Richtung man schießen soll, das wäre auf alle Fälle ein komfortableres Leben ... so muss man erst mühsam alles selbst ausprobieren ... Ich habe gehört, dass im alten Griechenland jeder junge Mann einen erfahrenen älteren Lehrer hatte, mit dem er sogar zusammenlebte, der Erfahrene gab dem Knaben Tipps und führte ihn durchs Leben, und der Knabe schenkte ihm dafür seine Liebe. Genauso war es jetzt eben bei

Retik und mir gewesen, nur hatte ich ihm statt Liebe fünf Euro gegeben – und er war nur ein Spiel lang mein Lehrer gewesen.

Der Türke saß schon wieder an seinem Tisch und las ein Buch.

»Möchtest du drink?« Außer mir war niemand hier, und da außer mir niemand hier war, schlug ich Retik vor, mit mir etwas trinken zu gehen.

Retik legte sein Buch weg und nickte.

»Was liest du?« Ich streckte die Hand aus, Retik lächelte und zeigte mir sein Buch. Zu lesen gab es darin nichts, es waren nur Bilder. Fotos von Frauen. Sehr schöne Frauen, aber keine echten, sondern Computermodelle. Sie sahen wirklich schön aus, viel besser als reale Frauen. Lauter Frauen in verschiedenen Posen und Kostümen. Jede hatte einen Namen und eine Kurzbiografie, in der stand, welcher Designer sie in welchem Jahr geschaffen hatte.

»Tolles Buch, aber pass auf, dass du nicht das Interesse an realen Frauen verlierst. Das ist gefährlich, Retik, sehr gefährlich.«

Wir betraten eine Bar mit Sofas, ich begriff, dass es dieselbe war, in der benutzte Kondome unter den Kissen lagen, und schlug Retik vor, den Ort zu wechseln.

»Ewrisink klos jet!«

»Ich mag mich hier aber nicht hinsetzen, hier ist es schmutzig! No, no, no! Kondoms is oll eraund!«

»O!« Retik ging mit dem Barkeeper reden, der Barkeeper schenkte uns zu trinken ein und gab uns Eis, und natürlich wollte kein Mensch irgendeine Karte von mir sehen. Die Freundschaft mit Retik brachte mehr Vorteile als jede Karte. Wir nahmen unser Eis und die Getränke und gingen damit an den Strand. Vorbei an den mit Steinplatten ausgelegten Duschen, auf einem sandigen schmalen Weg, zwischen stark duftenden blühenden Sträuchern. Vom Meer her wehte ein sanfter türkischer Wind mit einem leichten Beigeschmack von Erdöl und irgendeiner süßlichen Sauerei. Man hörte Frösche quaken. Anscheinend lebten die zwischen den Steinplatten in den Duschen.

»Frösche!«

»Froks, jes, froks. Die leben anscheinend zwischen den Steinplatten in den Duschen.«

»Du sprichst ja perfekt Russisch!«

»Na ja, besser als Englisch. Mit meinem Englisch komme ich einfach nicht weiter, ich spreche es zwar dauernd, aber wie? Hier reden alle so wie du. Deshalb ist mein Niveau auch nicht besser.«

»Warum hast du dann nicht gleich Russisch gesprochen?«

»Ich bin ja kein Russe, ich komme aus Baku. Außerdem habe ich keine Lust, weißt du, wenn du hier anfängst Russisch zu sprechen, wollen sich sofort alle mit dir anfreunden. Und wenn es dann irgendwelche Probleme gibt, ist Sense – die schmeißen dich sofort raus. Wir sollen Distanz halten, zwischen dem Personal und dem Kunden muss immer eine Distanz bleiben.«

»Und die hast du jetzt gebrochen.« Wir setzten uns in den Sand und schauten aufs Meer, das man allerdings nicht sehen konnte. »Gibt es hier eigentlich auch Heilmassagen, falls ich mir eine Blasenentzündung hole in dem kalten Sand?«

»Ja, zwanzig Dollar die Sitzung.«

»Gut. Mach dir keine Sorgen, wir sitzen doch nur

so ein bisschen zusammen nach Feierabend ... außerdem werde ich mir gar nicht anmerken lassen, dass zwischen uns keine Distanz ist.«

»Schon gut. Hör mal, ich habe eine Bitte an dich. Mein Onkel in Baku hat eine Firma, er macht in Stör und schwarzer Kaviar, mit der ganzen Familie.«

»Was heißt er macht in Kaviar?«

»Er macht ihn aus dem Stör.«

»Und?«

»Er hat Absatzprobleme. In Baku haben wir Konkurrenz, in andere Länder verkaufen ist rentabler. Kannst du mir helfen? Braucht bei dir zu Hause vielleicht jemand Kaviar? Er ist nicht teuer, aber wir bräuchten jemanden, der dauernd welchen braucht.«

»Und weiter?«

»Wenn du als Kurier arbeitest, kriegst du jedes Mal zehn Prozent. Wenn du nur den Kontakt mit jemandem herstellst, der als Kurier arbeiten will, dann zahlen wir dir einfach etwas. Einmalig.«

»Als Kurier arbeiten bringt mehr.«

»Ja. Ich liefere zum Beispiel den Kaviar für hier. Das Hotel zahlt gut.«

»Brauchen die hier vielleicht auch Pilze?«

»Ja, aber dafür haben sie schon jemanden. Das machen die Aeroflot-Piloten. Wenn die hierher fliegen, rennen sie jedes Mal gleich in die Hotels mit ihren Einmachgläsern. Sie bringen vor allem eingelegte Pilze. Der Markt ist dicht, da kommst du nicht rein.«

»Und wie funktioniert das? Muss man den Kaviar in Baku abholen?«

»Ja. Dort ziehen sie dir eine Plastikweste an, die mit Kaviar ausgestopft wird, damit setzt du dich sechs Stunden in den Kühlraum, damit der Kaviar richtig kalt wird und nicht vergammelt während des Flugs. Wenn du ankommst, muss er sofort in den Kühlschrank. Aber das erklärt dir alles mein Onkel.«

»Also ich selber habe Bronchitis, aber ich hör mich mal um, irgendwas ergibt sich bestimmt. Wir bleiben in Kontakt. Ich bin erst mal hier, und wenn sich was auftut, melde ich mich sofort bei dir, klare Sache, das kriegen wir schon hin, Mann.« Das sagte ich immer, wenn ich keine konkrete Antwort geben wollte oder keine Lust hatte, ja oder nein zu sagen. Ich musste darüber nachdenken, ob sich das lohnte, deshalb konnte ich nicht einfach gleich ablehnen oder meine Dienste anbieten. Das Nachdenken dauert bei mir nämlich lange – sofern ich über etwas Konkretes nachdenke. Einfach so irgendetwas denken, um dieses Konkrete herum, darin bin ich schnell und präzise, aber das nützt ja nichts. Deshalb sage ich sogar mir selbst, dass wir das schon hinkriegen, klare Sache, weil ich nicht einmal mir selbst eine eindeutige Antwort geben kann. Aber jetzt fiel mir etwas ein.

»Sag mal, Retik, warum muss man eigentlich im Kühlraum sitzen, man kann doch auch nur die Weste mit dem Kaviar einfrieren und sie dann anziehen?«

»Mein Onkel sagt, der Kaviar taut zu schnell auf, wenn dein Körper warm ist, und wenn mein Onkel etwas sagt, dann widerspricht bei uns keiner, wir sind eine traditionelle Gesellschaft – die unanfechtbare Autorität der Älteren. Hier in der Türkei war das früher auch so, aber inzwischen ist alles anders, wegen des geplanten EU-Beitritts. Das Europaparlament hat sofort gesagt, ihr braucht euch gar keine Chancen auszurechnen, solange ihr nicht lernt, auf die Jugend zu hören, auch wenn die noch so verkommen ist.«

»Krass. Leihst du mir dein Buch bis morgen, oder für zwei, drei Nächte?«

»Wie lange bleibst du denn?«

»Ich weiß nicht, ich fahre, wenn der Schieds... wenn das Schicksal es will.«

»Na gut, aber überleg es dir schnell mit dem Kaviar, sonst suche ich jemand anders.«

»Gut, okay – also einen Abnehmer würde ich schon finden, aber als Kurier, das ist, glaube ich, nichts für mich ... inzwischen kann man doch nicht mal mehr einen Goldring im Arsch über die Grenze bringen wegen diesem ganzen Terrorismus. Arme Schmuggler.«

»Stimmt, bei uns fliegen manchmal sogar Hotels in die Luft.«

»Im Ernst?«

»Ja, aber es ist nicht so hart wie bei euch, bei ihren eigenen Leuten legen sie erst die Bombe, und dann rufen sie an und warnen davor – gesprengt wird erst, wenn alle evakuiert sind.«

»Sehr human. Komm, lass uns gehen, ich fürchte, mir hilft sonst auch keine Massage mehr.«

Wir standen auf, klopften uns den Sand ab und gingen zum Hotel zurück. Die Frösche quakten. Der Wind trug Gerüche heran. Ich war um eine nützliche Bekanntschaft, ein gutes Buch, ein Paar Bowlingschuhe und eine Zukunftsperspektive reicher. Vielleicht würde der schwarze Kaviar meinen sozialen Aufstieg befördern. Vielleicht aber auch meinen Abstieg. Mit einem Wort, irgendwie würde das schon hinhauen, klare Sache.

»Bai!«

Retik trollte sich in den Personalbereich, ich ging auf mein Zimmer. Seltsamerweise war Natascha nicht da, und ich konnte in aller Ruhe das Buch mit den Bildern lesen. Obwohl ich in Wirklichkeit natürlich keine Ruhe fand. In dieser unruhigen Ruhe schlief ich schließlich auch ein – und hatte einen furchtbaren Traum. Einen ganz schlimmen Traum. Und das hieß, dass vielleicht etwas passieren würde. Ich träumte, wir vier würden Tauben fangen, sie auf Angelhaken spießen und versuchen, mit diesen Tauben im Meer zu fischen. Wir warfen unsere Ruten weit aus, damit die Tauben möglichst tief eintauchten. Aber die Tauben kamen wieder an die Wasseroberfläche und versuchten wegzufliegen. Man musste es schaffen, mit der Taube einen Stör zu fangen, bevor sie wieder wegflog. Ich wusste, dass wir den Stör wegen des Kaviars brauchten, aber ich schaffte es nicht. Es war Natascha, die mich weckte. Im Zimmer saßen Hot Dog und Pepsi.

»Steh auf! Los, steh schon auf. Ich habe ihn gefunden!«

»Wie denn?«

»Per Internet. Nach neuesten Informationen ist er in unserem Hotel!«

»Wir haben doch gestern alles hier abgesucht.«

»Anscheinend nicht gründlich genug. Außerdem gibt es hier ja auch Saunas, Massagen, Exkursionen ... Er sitzt ja vielleicht nicht immer am selben Fleck. Wir haben beschlossen, dass wir jetzt zum Frühstück gehen und so lange Wache halten, bis er auch runterkommt.«

Mir fiel auf, dass Nataschas Bett unberührt war, sie hatte die Nacht also nicht mit mir verbracht. Was für ein schlimmer Traum ... obwohl, vielleicht kam das nur von meinem Sonnenbrand am Bauch, der die ganze

Nacht gejuckt hatte, deshalb hatte ich so schlecht geträumt – wenn das so war, dann würde auch nichts Schlimmes passieren.

»Na los, geh endlich duschen, was überlegst du denn so lange!«

Ich ging ins Bad.

»Heißt das, dass wir heute im Lauf des Tages schon nach Hause fahren?«

»Nach Hause! Ich fahre erst nach Hause, wenn ich wieder ganz bin!« Hot Dog pustete unter seinen Gips und ächzte. »Das juckt vielleicht! Hat jemand einen Stab oder einen Stift? Ich muss da was reinstecken!«

»Draußen finden wir einen langen Grashalm für dich! Warte, bis wir draußen sind.« Pepsi sah Hot Dog angewidert an.

»Kratz nicht! Dann heilt es schneller!« Natascha wühlte in ihren Taschen, fand einen Lippenstift und ging daran, ihr Make-up aufzufrischen.

»Ob wir im Laufe des Tages schon fahren, habe ich gefragt!« Ich spuckte Wasser und Zahnpasta aus und fing an, hektisch wegen des Kaviars zu überlegen, nachdem die Sache mit dem Schiedsrichter möglicherweise so schnell erledigt sein würde.

»Wieso? Glaubst du, wir bringen ihn gleich beim Frühstück um? Nein, wir werden ihn beobachten und seinen Tagesablauf studieren, wir müssen ihn ohne Zeugen töten, ganz unauffällig.«

Ich kam aus dem Bad und überlegte, was ich anziehen sollte, damit ich anders aussah als gestern. Ich lief nicht gern immer in denselben Klamotten herum. Neuer Tag, neue Kleider. Dann hat es auch einen Sinn, dass der neue Tag neu und der alte vorbei ist.

»Also ich dachte, wir hauen ihn ganz demonstrativ in die Pfanne, sodass jeder sofort sieht, warum und wofür.«

Pepsi wurde unruhig.

»Genau, wir müssen es irgendwie so machen, dass wir einerseits selbst nicht geschnappt werden, aber dass andererseits alle einen Schock kriegen, wozu sonst das Ganze?«

Auch Hot Dog fing an zu überlegen.

»Man könnte einen Zettel hinterlassen, ›Richtet nicht, auf das ihr nicht gerichtet werdet‹ oder so was in der Art.«

»Oder wir saugen ihm das Blut ab und pumpen einen Fußball damit auf, den wir neben die Leiche legen!« Pepsi hatte eine Menge Hardcore-Thriller gesehen, sein Vorschlag entsprach genau dem neuesten Hollywood-Horrorfilm-Trend.

»Quatsch, wozu sein Blut anfassen, am Ende hat er noch Aids.«

»Wieso Aids, das ist ein Sportler.«

»Na und, was ändert das? In Europa ist Aids doch inzwischen schon so was wie bei uns ein Schnupfen! Da regt sich keiner groß drüber auf, die nehmen Tabletten dagegen und spülen mit heißem Tee nach, fertig!«

»Aber im Sport gibt es doch Beschränkungen, da wird doch nicht jeder zugelassen!«

»In Europa beschränkt keiner keinen, in gar nichts, deswegen gibt es da ja so viele Aidskranke. Nur kümmert man sich dort halt um die und versucht sie bei Laune zu halten, sie dürfen alles machen: Schiedsrichter spielen beim Fußball, sogar Bürgermeister werden. Das habe ich im Fernsehen gesehen, bei denen, wo der Bürgermeister ein Schwuler ist, da gibt es eine Loveparade, und wenn so ein Schwuler erst mal krank ist, dann feiert er erst recht bis zum Abwinken, er beschränkt sich selber nicht, und alle anderen sollen auch ihren Spaß haben. Jede Woche gibt es Bälle und Partys!«

Während Pepsi und Hot Dog über das Blut eines potenziell HIV-positiven, in Europa wohnhaften Schiedsrichters debattierten, betrachtete ich Natascha. Nachdem sie sich die Lippen nachgezogen hatte, war sie zu den Wimpern übergegangen. Sie befeuchtete Wattestäbchen mit Spucke und fuhr damit am Lidrand entlang, und danach strich sie sich mit kleinen Bürsten über die Wimpern und trug eine Farbe auf, die diese Wimpern ohnehin schon hatten.

»Warum machst du das eigentlich, deine Wimpern haben doch dieselbe Farbe wie die Tusche?«

»Für das Selbstvertrauen. Kosmetik macht eine Frau nicht schöner, sondern selbstsicherer.«

»Übertreib's nicht.«

»Mit der Farbe, meinst du?«

»Mit dem Selbstvertrauen.«

Natascha drehte sich um und warf mir einen giftigen Blick zu. Tatsächlich, sie sah genauso aus wie eine Giftschlange in einer dieser Tiersendungen. Allerdings kannte ich sonst auch keine Giftschlangen – nur die aus dem Fernsehen und die hier im Hotel in Antalya.

Endlich gingen wir nach unten zum Frühstück, Natascha schön und selbstsicher, Pepsi wie immer, Hot Dog mit seinem juckenden Gipsarm und ich frisch geduscht, in einem neuen Nike-T-Shirt mit einem explodierenden Fernseher und der Aufschrift *Burn your TV! Just do it*!.

Mittlerweile verhielten wir uns schon wie erfahrene Urlauber. Wir gingen mehrmals ans Büffet und benutzten jeden Teller nur für ein Gericht. Wir wussten sogar schon, dass es genügte, einen Teller mit Essen auf einem Tisch abzustellen, damit sich niemand dort hinsetzte – man brauchte den Tisch nicht zu bewachen.

»Wir dürfen nicht nur essen«, sagte Natascha und leerte ihren Krug türkisches Bier, »wir müssen nebenbei Ausschau halten. Und am besten sprechen wir uns gleich ab, falls er ein Kind oder auch zwei Kinder dabeihat, dass uns das nicht abhält, okay?«

Hot Dog und Pepsi nickten.

»Sag mal, Pepsi, was meinst du, an wen könnte man wohl bei uns in der Stadt Kaviar verticken – schwarzen?«

»An irgendwelche Etablissements wahrscheinlich.«

»Was für Etablissements?«

»Ans *Riviera* … und dann … mehr gibt es eigentlich nicht. Unsere Stadt ist eben jung, verstehst du, Kaviar ist mehr was für die ältere Generation, Leute in unserem Alter kaufen lieber Drogen, zumal das auch billiger ist, und der Effekt ist derselbe.«

»Für mich wäre Kaviar sehr gesund, davon wachsen die Knochen schneller zusammen und die Sehnen strecken sich!«

»Ich könnte auch Kaviar verkaufen. Wenn meine Kundinnen ihre Ausländer zu sich einladen, tischen sie immer gewaltig auf. Ich übersetze ja auch beim Essen für sie, bis sie irgendwann im Bett landen. Die sparen nicht, erst recht nicht, wenn es um eine mögliche Emigration geht. Und die Ausländer lieben Kaviar. Wieso fragst du eigentlich?«

»Nur so, immerhin liegt die Türkei ja am Meer, vielleicht kommt man ja mit irgendwem ins Gespräch …«

»Mit wem willst du denn hier ins Gespräch kommen, du kannst doch kein Englisch!«

Natascha wechselte plötzlich die Farbe, versteckte sich hinter ihrem Bierkrug und zischte:

»Da ist er!«

Entgegen sämtlicher Verhaltensregeln für Spione drehten wir uns alle gleichzeitig zu dem Schiedsrichter um.

»Stimmt: groß, schlank, Glatze ...«

»Ist er das wirklich?« Hot Dog bekam als Erster Zweifel.

Ja, Bildschirm und Leben sind eben zweierlei. Mich frustriert das jedes Mal: Im Fernsehen finde ich einen Sänger gut, aber wenn ich ihn dann im Konzert sehe, ist es vorbei. Das Leben bekommt der Fernsehprominenz nicht, es entstellt sie. Deshalb hatte ich jetzt überhaupt keinen Zweifel – groß, schlank, Glatze, alles war da, außerdem hatte Natascha sich gründlich informiert, darum saßen wir ja auch hier ...

»Im Internet stand, er macht mit seiner Familie Urlaub, angeblich ist er gestern angekommen und bleibt zwei Wochen.«

Deshalb hatte Natascha uns also darauf eingestimmt, unser Mitleid zu überwinden – sie wusste, dass er seine Familie dabeihatte!

»Bis jetzt ist er allein.« Pepsi wandte sich seinem Teller zu und vom Schiedsrichter ab. »Zwei Wochen, super, also läuft er uns nicht weg. Am besten nehmen wir ihn erst kurz vor seiner Abreise hops!«

»Spinnst du, zwei Wochen warten?« Ich erhob Einspruch, ich wollte keine vollen zwei Wochen hier verbringen.

»Erst mal studieren wir seinen Tagesablauf, extra

zu warten brauchen wir ja nicht, Hauptsache, wir werden nicht geschnappt.« Natascha sah hasserfüllt zum Schiedsrichter hinüber und fauchte.

Wer hätte das gedacht, dass eine Frau sich Fußball so zu Herzen nehmen kann.

»Gleich heute müssen wir es machen!«, stieß Hot Dog plötzlich hervor. »Wozu lange warten, wir bringen ihn um, und danach machen wir in Ruhe Urlaub! Wenn wir sofort abhauen, dann kommen die doch gleich auf uns. Sie werden als Erstes die Liste der abgereisten Gäste kontrollieren, und dann sind wir die Verdächtigen Nummer eins!«

»Weißt du, wie viele Leute hier jeden Tag ankommen und abreisen? Vor allem werden sie nach Motiven suchen, und unsere sind so persönlich, da kommt nie einer drauf, wer den Kerl umgelegt hat und wieso! Wir müssen nur den richtigen Moment abwarten!«

Der Schiedsrichter stellte sich gerade sein Frühstück zusammen: Er nahm etwas Suluguni-Käse, dann legte er Tomaten- und Gurkenscheiben, Paprika und Schinken auf seinen Teller. Anschließend wandte er sich dem Brotbüffet zu. Nur das Weißbrot war aufgeschnitten. Der Schiedsrichter wollte aber Vollkornbrot. Er stellte seinen Teller ab und griff zu dem Brotmesser, das auf dem Tisch bereitlag. Drei dicke Scheiben Vollkornbrot landeten neben dem Käse, dem Geräucherten und der Rohkost auf seinem Teller. Der Schiedsrichter holte eine Münze aus der Hosentasche und ging damit zu einem Mädchen, das frischen Saft presste. Er suchte selbst die Früchte aus, aus denen er seinen Saft wollte, gab dem Mädchen die Münze und wartete, bis sie ihm eingegossen hatte.

»Hm«, sagte Pepsi und schaute auf sein eigenes Essen. »Gesunde Lebensweise.«

»Na ja, und der Schinken?«

»Ein bisschen Schinken ist erlaubt.« Natascha trank ihr drittes Bier und ließ den Schiedsrichter nicht aus den Augen. »Der Körper braucht von allem was. Wenn man immer nur frische Sachen mit wenig Kalorien isst, wird man krank. Der Körper braucht auch was, das ein bisschen angegammelt ist, das ist unsere Natur, ganz ohne Dreck und ohne Fett können wir gar nicht leben. Er ernährt sich genau richtig – ein Sportler eben.«

Ich dachte darüber nach, welchen Sinn diese richtige Ernährung hatte, wenn wir ihn hinterher doch töteten. Man kann sich richtig ernähren und trotzdem bei einer Schlägerei umkommen, und gegen eine Vergiftung hilft kein Muskeltraining. Der Schiedsrichter wählte einen Tisch am Ausgang zur Terrasse. Draußen gab es auch Tische, aber die Sonne schien schon am Morgen so grell, dass man dort unmöglich sitzen konnte. Der Schiedsrichter stellte seinen Teller ab und ging noch mehr Essen holen. Diesmal nahm er zwei Hörnchen mit süßen Pistazienstreuseln und drei Pfannkuchen mit Rosenmarmelade.

»Dass der überhaupt noch rennen kann, so wie der isst!«

»Er ist doch im Urlaub, im Urlaub ist alles erlaubt.« Natascha, schon etwas angetrunken, knabberte Käse und sah mit starrem Blick zu, wie der Schiedsrichter sich Tee eingoss. »Das machen alle Sportler so im Urlaub, sogar die Tänzerinnen.«

»Mit der modernen Medizin ist das sowieso egal, da kann man alles fressen.« Das tat Pepsi auch wirklich, offenbar glaubte er an die moderne Medizin. »Drogen nehmen sie, vögeln tun sie, eine halbe Stunde vor dem Spiel können die noch vögeln, und es macht ihnen nichts aus.«

»Wieso, vögeln ist doch okay! Fette Pfannkuchen, das ist was anderes, die darf man nicht essen, aber vögeln ist erlaubt. Vor dem Spiel oder meinetwegen sogar in der Halbzeit – das stimuliert doch die Herztätigkeit.«

»Was tut das?«

»Das ist wie Doping!«

»Wieso Doping, es macht doch müde!«

»Wen?«

»Den Körper.«

»Aber das ist doch nur der Penis, der da müde wird! Und wenn der Penis müde ist, umso besser, dann lenkt er einen nicht ab. Im Gegenteil, Sportler sollen sogar vögeln vor einem Spiel, damit der Penis müde wird!«

Der Schiedsrichter hatte sich an den Tisch gesetzt und zu frühstücken begonnen, Hot Dog und Pepsi debattierten über Sport, und ich betrachtete Natascha. Ihr Gesicht war verkrampft. Sie hatte tatsächlich noch kein einziges Mal geblinzelt, sie schaute immer noch zum Schiedsrichter hinüber, als würde sie ihn im Stillen verfluchen. Er kaute in aller Ruhe sein Frühstück und ahnte nicht, dass sechs Tische weiter sein Tod saß, in vierfacher Ausfertigung. Übrigens aß er ganz scheußlich. Es gibt solche Leute, denen man nur sehr ungern beim Essen zusieht. Seine Gesichtshaut spannte sich über dem Kiefer, und man konnte sich genau vorstellen, was in seinem Mund mit der Nahrung passierte. Dabei schaute er mit stierem Blick auf irgendeinen

Punkt im Restaurant und schien über etwas nachzudenken. Sein spitz hervorstehender Adamsapfel sah wie eine Miniatur-Nachbildung seines ganzen Kopfes aus. Er war wie ein kleines Modell des kahlen Schiedsrichterkopfes. Ich beugte mich vor und sah mir genauer an, was unter dem Tisch des Schiedsrichters vorging. Reebok-Socken mit schwarz-weißem Schachbrettmuster, Badeschlappen, haarige Beine, kurze Hosen … In regelmäßigen Abständen stellte er die Zehen auf. Ich schaute auf und begriff, dass er das beim Schlucken tat. Die Schlappen des Schiedsrichters, die Socken des Schiedsrichters, seine Knie, sein Adamsapfel, sein Kiefer – alles war widerlich, und ich hätte ihn mit Vergnügen auf der Stelle umgebracht. Sein ekelhaftes Äußeres weckte die Mordlust in mir – aber gleichzeitig hielt es mich auch zurück. Wenn man einen Menschen tötet, wird er nämlich so etwas wie ein Verwandter, es entsteht eine Verbindung zwischen ihm und einem selbst, die für immer bestehen bleibt. Man ist für ihn verantwortlich, in diesem Leben genauso wie im Jenseits. Deshalb muss man sich gut überlegen, wen man tötet und was man dann weiter mit ihm anstellt. Ich hatte ohnehin schon zu viele »Verwandte«, an die ich mich noch würde erinnern müssen – vielleicht irgendwann nach diesem Urlaub.

»Die Kurnikova vögelt an sich gern, das hat mit dem Tennis nichts zu tun!« Pepsi und Hot Dog rangen immer noch um die Grenzen des Erlaubten im Sport. In der Zwischenzeit war am Tisch des Schiedsrichters eine sympathische junge Frau mit zwei Kindern aufgetaucht, einem Jungen und einem Mädchen. Die Kinder waren nicht mehr ganz klein, aber auch noch nicht groß. Mir fällt es überhaupt schwer, das Alter von Leuten zu schätzen, und bei Kindern erst recht. Nach meiner Überzeugung sind Kinder sowieso nur Kinder, solange sie Windeln tragen. Wenn sie erst mal anfangen zu laufen und zu sprechen, sind das schon keine Kinder mehr. Sie sind genau wie Erwachsene. Wenn ich bei der Arbeit bin, schaue ich oft durch mein Zielfernrohr auf einen Schulhof. Ich beobachte, was die Kinder in den Pausen zwischen den Schulstunden machen, und mir wird angst und bange dabei. Gehöre ich wirklich zur selben Spezies, habe ich wirklich etwas gemeinsam mit diesen Wesen? Sicher, wahrscheinlich sind nicht alle Kinder so, und die des Schiedsrichters sind ja auch ausländische Kinder. Es wäre interessant, das näher zu untersuchen, aber leider würden die Kinder zum Mörder ihres Vaters wohl kein Vertrauen haben.

»Eine Rothaarige …«

»Was?« Der Speisesaal hatte sich gefüllt, alle krakeelten, deshalb verstand ich nicht, was Pepsi sagte.

»Die Frau des Schiedsrichters – selber eine Glatze, aber eine rothaarige Frau heiraten, ein schönes Pärchen.«

Hot Dog hing wollüstig-romantischen Gedanken nach: »Ihre Schamhaare sind bestimmt auch rot …«

»Nicht unbedingt«, fuhr Natascha dazwischen und trank ihr Bier aus. »Baskow zum Beispiel, wisst ihr noch, was der für Schamhaare hatte?«

Wir wussten alle noch genau, was Baskow für Schamhaare hatte. In unserem ersten Jahr an der Atomfachschule hatte unsere Mitschülerin Karass eine simple Geschäftsidee verwirklicht: Sie verkaufte VIP-Schamhaare an ihre Kommilitonen. Ihre Cousine arbeitete im einzigen Hotel der Stadt. Zum Tag des Atomarbeiters und anderen Feiertagen kam meist irgendein

Fernsehstar in unsere Stadt. Natürlich wurde er im Hotel untergebracht, und Karass' Cousine nutzte die Gelegenheit, um in seinem Zimmer alle ihm eventuell entschlüpften Schamhaare einzusammeln. Wir vertrauten Karass hundertprozentig – sie verkaufte ausschließlich Haare, deren Besitzer wirklich in unserer Stadt abgestiegen waren. Die teuersten Schamhaare waren die von Baskow. Karass wollte davon erstmals keine größeren Mengen abgeben, sondern verkaufte die ganze Partie stückweise. Fünf Minuten nach Eröffnung des Handels waren Baskows Haare schon ausverkauft. Aber die Schamhaare des blonden Baskow waren schwarz – und seither wussten wir, dass Schamhaare nicht immer dieselbe Farbe haben wie das Kopfhaar.

»Also passt auf, wir machen es so: Ich beobachte ihn weiter, und ihr wartet so lange am Pool.«

»An welchem? Es gibt drei.«

»An dem draußen, mit der Wasserrutsche, da bleibt ihr, dann finden wir uns leichter.«

»Können wir ihn nicht zu zweit beobachten?« Ich mag Swimmingpools und grelle Sonne und Hitze nicht besonders, und außerdem hatte ich Lust, bei Natascha zu sein.

»Nein, euch darf man am besten gar nicht mit ihm zusammen sehen, ruht euch aus, entspannt euch total, alle sollen glauben, dass ihr zum Sonnenbaden hier seid. Ihr dürft nicht mal in seine Nähe kommen, wenn ihr ihn irgendwo seht, weicht ihm aus – und seiner Frau und seinen Kindern auch! Wir müssen uns tarnen, wir machen hier Badeurlaub!«

»Dann müssen wir aber Badehosen kaufen.«

»Genau, kauft euch Badehosen. Wir treffen uns am Pool, seid ihr fertig? Dann bis gleich.«

Wir standen auf und gingen zum Ausgang. Natascha bestellte sich noch ein Bier.

»Wohin müssen wir denn?«

Wir sahen uns um und schlugen eine Richtung ein, die wir noch nicht kannten. Tatsächlich fanden wir dort zahlreiche Läden, die auf verbrutzelte Touristenhirne spekulierten. Schmuck, Schweizer Uhren, türkische Süßigkeiten, Sonnencremes und Lotions, Medaillons gegen den bösen Blick. Pepsi beugte sich über eine Vitrine mit Goldketten. Ich ging zu einem alten Mann, der live vor Publikum Glasamulette zusammenlötete. Der Alte sprach alle Sprachen der Welt – in welcher man ihn nach dem Preis fragte, in der antwortete er auch.

»Faif Euro, fünf Euro, pjat Euro, besch Euro – ein Sprachgenie!«

»Ja, ohne Sprachen geht gar nichts, aber wenn man muss, dann lernt man sie auch!«

Während Hot Dog und ich dem Zauberer zuschauten und uns unterhielten, starrte Pepsi mit offenem Mund die Schmuckvitrine an. Der Verkäufer hatte ein paarmal in seine Richtung gelinst, sich aber nach Einschätzung der finanziellen Möglichkeiten des potenziellen Kunden nicht entschließen können, seinen Arsch vom Ventilator wegzubewegen. Nein, Pepsi sah nicht wie ein vermögender Mensch aus: Er trug einen Sportanzug mit der seltsamen Aufschrift *PUNA*, Metallkronen auf den Backenzähnen und *Ecco*-Schuhe aus dem Second-Hand-Laden – in seinem Alter musste man fest auf beiden Beinen stehen, aber Pepsi stand nicht fest, er hatte Bluthochdruck und Hepatitis und fiel ab und zu sogar in Ohnmacht, meist bei Gelegenheiten wie dem Stadtfest. Bei uns wurde zum Stadtfest gewöhnlich ein Karneval veranstaltet, der natürlich ein bisschen schlichter war als der in Brasilien, aber trotzdem lustig. Alle Stadtbewohner und Atomarbeiter wurden nach Stadtbezirken eingeteilt und bauten fahrbare Plattformen. Die Stadtverwaltung stellte an diesem Tag jedem Bezirk einen Lastwagen zur Verfügung, das waren die Umzugswagen. Die Laster wurden mit Girlanden geschmückt, je nach dem Thema, das der jeweilige Bezirk für den Karneval gewählt hatte. Ein gemeinsames Thema wurde nicht vorgegeben, unser Karneval war deshalb immer sehr vieldeutig. Bei den einen war das Motiv zum Beispiel Neptuns Unterwasserreich, die Männer auf so einem Wagen sprangen auf und ab und fuchtelten mit Heugabeln, und ältliche Nixen in Badeanzügen sangen Gaunerlieder. Die zentralen Bezirke dagegen stellten vorzugsweise den Weltraum dar – Außerirdische mit Taucherbrillen, Sternchen-Frauen, Kometen-Kinder ... Bei einem dieser Karnevals war Pepsi in Ohnmacht gefallen, daran erinnerte ich mich noch gut. Ich wusste nicht mehr, wie oft Pepsi überhaupt schon umgekippt war, aber dieses eine Mal war mir in Erinnerung geblieben, wahrscheinlich weil ich es interessant fand. Unser Wagen sollte damals eine postapokalyptische Welt darstellen, eine Welt nach dem Atomkrieg. Auch bei uns trugen die Mädchen Badeanzüge, aber kombiniert mit verkehrt herum aufgesetzten Bademützen – das sah aus, als wären ihnen von der Strahlung die Haare ausgefallen –, und ihre Badeanzüge hatten drei Körbchen, sie waren nämlich Mutanten. Pepsi und ich trugen einfach Militäruniformen: Ich war als Major verkleidet, Pepsi als Oberst. Wir spielten die neuen Weltherrscher – verrückte Militärs, die eine globale Katastrophe ausgelöst hatten. Wo Pepsi seine

Uniform herhatte, weiß ich nicht, ich hatte meine von Karass, sie gehörte ihrem Onkel, der ein Kriegsveteran war – es steckte sogar eine Auszeichnung *Für die Eroberung Berlins* dran. Wir fuhren über den zentralen Platz, Pepsi hüpfte auf und ab, lachte, und plötzlich – peng! – kippte er über Bord und knallte auf den Asphalt. In der Menge hörte man Rufe: »Hier ist einem Veteran schlecht geworden!« Nein, Pepsi hatte keinen festen Stand im Leben, deshalb kümmerte sich der Schmuckverkäufer auch nicht um ihn. Sicher gab es in der Welt jede Menge Leute in unserem Alter, die schon Frau und Kinder und einen guten Job hatten, sie waren uns nur noch nicht begegnet ... wir hatten zwar gehört von diesen Leuten, die fest auf beiden Beinen standen, wir sahen sie im Fernsehen und im Kino, aber es wurden von Jahr zu Jahr weniger. Wahrscheinlich starben sie langsam aus – inzwischen wurden nicht mal mehr Filme über sie gedreht. Unsere Eltern machten sich natürlich Sorgen, dass nichts aus uns würde, aber es gab niemanden, den sie uns als Vorbild hätten hinstellen können, niemanden, an dem wir uns messen konnten. Wir waren die Generäle einer neuen Welt, in den Uniformen von irgendwelchen Opas, die Berlin eingenommen hatten. Die hatten damals wirklich fest auf beiden Beinen gestanden – kaum aus dem Krieg zurück und sofort wieder an die Arbeit, mit Energie und Schwung hatten sie das Land wieder aufgebaut. Ich dagegen hatte nach dem Krieg zu gar nichts mehr Lust gehabt ...

»Vielleicht fragen wir ihn, ob er für uns auch was macht?«

»Wozu das denn? Wir sind doch keine Touristen!«

»Die sehen aber hübsch aus, guck mal ...« Hot

Dog nahm einen frischen mundgeblasenen Glasklumpen in die Hand.

»Dann kauf es doch, wenn du das schön findest.«

»Nein, ich will, dass er mir was Persönliches macht. Was für ein Jahr wird nächstes Jahr?«

»Genauso ein langweiliges wie dieses.«

»Ich meine nach dem chinesischen Horoskop! Ich sage ihm, er soll das Tier machen, das nächstes Jahr dran ist! Welches Jahr hatten wir nochmal zuletzt?«

»Das der Ameise vielleicht?«

»Der Ameise?«

»Oder des Affen?«

»Des Affen, genau, das Jahr des Affen …« Hot Dog wurde plötzlich blass und ging zu ein paar Hockern an einem Springbrunnen hinüber. Den Brunnen sah man übrigens kaum, er lag hinter den Aufzügen versteckt. Eine Menge Grünpflanzen, kleine Bäume, ein Springbrunnen – was für ein schönes Hotel, so viele zauberhafte kleine Ecken! Der Springbrunnen sah aus wie eine Dusche, die auf dem Kopf stand. Vielleicht war er das ja auch, eine zum Springbrunnen umfunktionierte Dusche.

»Was ist los?«

»Ach, mir ist der Affe wieder eingefallen …«

Bei unseren Ausflügen in die große Stadt gingen wir oft in den Zoo. Der Ort, wo Hot Dog und Pepsi sich mit Drogen eindeckten, lag dort ganz in der Nähe. Um die Zeit totzuschlagen, machte ich einstweilen eine Ponyfahrt. Ich saß in einem Wagen zwischen lauter Kindern und fuhr durch die Alleen des Tierparks. Nach zwei Rundfahrten waren Pepsi und Hot Dog meist fertig. Danach gingen wir uns die Tiere ansehen. Eigentlich war der Zoo furchtbar. Vor allem die Wintergehege. Die Freigehege erinnerten zumindest entfernt an den natürlichen Lebensraum der Tiere, aber drinnen sah es aus wie in einem großen Badezimmer. Boden und Wände waren mit Keramikfliesen gekachelt. In den Käfigen lagen künstliche Grünpflanzen auf dem nackten Fliesenboden herum. Hier und da waren Nachbildungen von Bäumen angebracht, damit die Tiere nicht vergaßen, dass sie klettern und springen konnten. Der Affe, an den Hot Dog gerade dachte, hatte auch in so einem Käfig gelebt. Eines Tages war er verunglückt. Und zwar durch Hot Dogs Schuld. Es war Hot Dogs Idee gewesen, dem Affen eine mit Kokain bestreute Banane zu geben.

»Mal sehen, was passiert!«

»Was soll schon passieren, er wird high werden.«

»Wir brauchen eine Banane.«

Wie sich herausstellte, war die Banane schwerer aufzutreiben als das Kokain. Wir mussten zum Zentralen Markt fahren und bei den Tadschiken eine kaufen. Eine einzelne Banane wollten sie uns nicht geben, also kauften wir drei. Zwei davon aßen wir unterwegs, die dritte schälten wir, und als wir wieder im Zoo waren und vor dem Käfig standen, streuten wir Kokain darauf und gaben sie dem Affen.

»Wenn wir von denen abstammen, dann muss er high werden«, schlussfolgerte Hot Dog.

»Wir stammen von Außerirdischen ab.« Pepsi war kein Darwinist, er glaubte an eine Intervention aus dem Weltraum, besonders wenn er gerade gesundheitliche Probleme hatte. Er hoffte, die Außerirdischen würden zurückkehren und ihn gesund machen. Genauso hätte auch ich in diesem Moment für den Affen eine rettende Intervention aus dem Weltraum darstellen können – aber ich griff nicht ein, immerhin hatten meine Freunde ihr gesamtes Kokain in dieses Experiment investiert, es interessierte sie also wirklich. Damals freute ich mich sogar für sie – mir war klar geworden, dass ihre Drogenabhängigkeit ohne weiteres einem ganz normalen menschlichen Interesse weichen konnte, irgendeiner Begeisterung für etwas. Schade, dass unsere sozialen Einrichtungen nichts taten, um solche Interessen zu wecken. Man verbot einfach nur die Drogen, schaffte aber keinen Ersatz.

Der Affe schnüffelte an der Banane und fing dann zu Pepsis und Hot Dogs Freude an, den Kokainbelag abzulecken. Hot Dog kreischte:

»Siehst du! Genau wie wir, genau wie wir!«

Der Affe leckte die Banane ab und aß sie auf. Eine Zeit lang tat er so, als sei nichts passiert. Er sprang mit den anderen Affen herum und kratzte sich. Dann erstarrte er plötzlich, überlegte, sah sich um, schüttelte den Kopf und kletterte auf die Spitze eines künstlichen Baums. Dort klammerte er sich nach ganz normaler Affenart mit den Füßen an einen Ast und ließ sich kopfüber baumeln. Nachdem er eine Weile in dieser Position gehangen hatte, löste er plötzlich den Klammergriff seiner Zehen und fiel senkrecht nach unten. Er hätte hundert Möglichkeiten gehabt, sich irgendwie zu drehen und mit dem Schwanz an einem Ast festzuhalten, wie Affen das eben tun, aber er zeigte kein Interesse am Erhalt seines Lebens, sondern knallte mit voller Wucht mit dem Kopf auf die Fliesen. So starb der Affe. Er hatte nicht nur sich das Leben genommen. Er hatte auch Hot Dog die Ruhe geraubt. Hot Dog begann sich vor Drogen zu fürchten. Wir gingen nicht mehr in den Zoo. Ich hatte sogar den Eindruck, dass Hot Dog erwachsener wurde nach diesem Erlebnis. Erwachsener, aber nicht glücklicher, was im Übrigen ja auch normal ist. Ich versuchte ihm klarzumachen, dass es keinen Grund gab, sich so aufzuregen – es war doch nur ein Affe. Aber Hot Dog sagte, er hätte neuerdings das Gefühl, wir seien alle solche Affen.

»Uns schiebt auch jeden Tag irgendwer was unter, im Fernsehen, beim Einkaufen, auf dem Markt, bei der Arbeit ... Unsere Eltern, unsere Freunde ... Was streuen die da überall drauf?! Was essen wir eigentlich die ganze Zeit? Und wer füttert uns?«

»Das sind zu allgemeine Fragen, Hot Dog – und dass du über so was nachdenkst, beweist doch schon, dass du kein Affe bist.« Es ging mir nicht darum, Hot Dog zu beruhigen, ich sagte das einfach nur so. Mir geht es generell nie darum, irgendwen zu beruhigen, wie soll ein unruhiger Mensch auch einen anderen beruhigen? Außerdem bin ich praktisch sicher, dass niemand Mitleid oder Mitgefühl braucht, jeder lebt genau das Leben, das für ihn bestimmt ist. Wie man lebt, ist uninteressant. Wichtig ist nur das Wann! Nämlich wann alles zu Ende ist. Für den Schiedsrichter würde sehr bald alles zu Ende sein. Und das gab mir wiederum die Kraft, das Leben zu leben, das für mich bestimmt war – im Moment jedenfalls. Ich setzte mich neben Hot Dog und wartete, bis er den Affen wieder vergaß. Pepsi kam zu uns herüber.

»Also, bei den Badehosen gibt es nur ein Modell – String-Tangas, mit Tigermuster ... in allen Größen! Holen wir uns die?«

Wir gingen die Tigerbadehosen kaufen. Zum Bezahlen benutzten wir wieder unsere Karte und nahmen auch noch ein paar orientalische Süßigkeiten mit.

»Wollen wir mal nachsehen, was hinter dem Hotel ist?« Pepsi liebte es, das Gelände zu erkunden. Er kannte alle verbotenen Plätze unserer verbotenen Stadt in- und auswendig.

Hinter dem Hotel war nichts Besonderes: Sand, Lehmhütten und die schmale asphaltierte Straße, auf der wir vom Flughafen gekommen waren. Ein paar Taxis standen auch herum. In die Fahrer kam kurz Leben, aber als sie begriffen, dass wir nirgendwohin fahren wollten, versanken sie wieder in ihren Autositzen.

»Da! Der Kreml!« Pepsi hatte auch hier etwas Geheimes entdeckt. Hot Dog und ich drehten uns um.

»Tatsächlich, der Kreml.« Hot Dog kniff die Augen zusammen, so fest er konnte, dabei zog sein Gesicht sich faustgroß zusammen und er sah aus wie ein kleiner alter Mann. »Wie kommt der denn hierher? Der sieht genauso echt aus wie der richtige!«

»Klar sieht der echt aus.« Die Stimme kam von hinten, wir drehten uns um. Vor uns stand ein Mädchen, gar nicht unhübsch, in knappen Shorts. Offenbar war sie in dem Minibus zum Hotel gekommen, aus dem jetzt gerade ein türkischer Fahrer Koffer auslud und vor ihr abstellte. Jedes Mal, wenn er sich nach unten beugte, um einen Koffer abzusetzen, machte er eine kurze Pause und starrte die nackten Beine des Mädchens an, es kam mir sogar so vor, als würde er an ihrer gebräunten Haut riechen.

»Das ist ein very expensive Hotel – die *Vander Vold Corporation* zieht diese Dinger hoch. Daneben steht schon das *Venezia,* dann kommt das *Big Ben,* und jetzt haben sie noch die Rechte fürs *Weiße Haus* gekauft. Wir haben da mal getanzt, ein cooles Hotel.«

Nicht nur sprach das gar nicht unhübsche Mädchen russisch, sie sprach auch noch mit uns! Das gefiel uns sehr.

»Gibt es da auch ein Mausoleum?«

»Klar, und auch einen Kremlpalast, das Ganze ist eine exakte Kopie, aber so was muss man natürlich mögen – stell dir vor, du liegst im Wasser und vor dir steht eine Kremlmauer, da kriegst du doch das Gefühl, gleich fängt die Militärparade an und du wirst von einer Panzerkolonne überrollt!« Das Mädchen wandte sich vorwiegend an Hot Dog, wahrscheinlich weil er einen Gips trug. Wie oft hatte ich darüber schon nachgedacht! Hundert Prozent! Alle Frauen empfinden zuerst Mitleid, und danach erst Liebe. Und dann tut es ihnen wieder leid, dass sie sich verliebt haben, und sie verlassen einen. Das heißt, Leid ist bei Frauen der wichtigste Handlungsimpuls. Aber Hot Dog peilte nichts. Deshalb nahm ich mich der Sache an – das Mädchen war wirklich nicht unhübsch.

»Machen Sie hier Urlaub?«

»Nein, ich bin zum Arbeiten hier.« Das Mädchen gab dem Fahrer ein Trinkgeld, zwitscherte irgendwas auf Türkisch, beide grinsten. Aus dem Hotel kam ein junger Mann, jetzt zwitscherte das Mädchen ihm etwas zu, beide grinsten und der Typ fing an, ihre Koffer nach drinnen zu schleppen. So nützlich waren Sprachkenntnisse!

»Und, wie ist es hier so?«

»Ganz okay, essen kannst du, bis du schlachtreif bist …« Diesen bescheuerten Satz hatte Hot Dog von seinen Eltern. Als er klein war, waren seine Eltern in den Iran geschickt worden, um beim Bau eines Atomkraftwerks zu helfen. Den kleinen Hot Dog wollten sie nicht mitnehmen in die Islamische Republik, er blieb in der Obhut seiner Großmutter. Die Pakete der Eltern wurden von Hot Dogs ganzer Klasse mit Spannung erwartet, sie schickten Datteln, Kaugummi und Quitten. Hot Dog teilte die während des langen Flugs halb verfaulten Lebensmittel großzügig mit allen Freunden und Klassenkameraden. Außerdem las er die Briefe seiner Eltern vor. Aus einem dieser Briefe stammte auch der Satz, ihre Lebensbedingungen seien nicht schlecht, »essen kannst du, bis du schlachtreif bist«. Einmal erzählte Hot Dogs Vater, wie die örtliche Bevölkerung beinahe seine Mutter verbrannt hätte. Sie war betrunken im Bikini an den Strand gegangen, um zu schwimmen. Hot Dogs Mutter wusste nicht, dass sie damit gegen die wichtigsten Gesetze der iranischen Gesellschaft verstieß. Gerettet wurde sie dann von unserem Kulturattaché. Er war gerade mit dem Auto ins Restaurant unterwegs, um eine Wasserpfeife zu rauchen, da sah er, wie eine hellhäutige Frau im Bikini an einen Pfahl gebunden und um sie herum ein Scheiterhaufen errichtet wurde. Der Attaché rettete sie, und danach heiratete er sie auch. Davon schrieb Hot Dogs Vater nichts, weil das erst viel später war. Aber diesen scheußlichen Ausdruck »essen, bis du schlachtreif bist«, den konnte ich wirklich nicht ausstehen!

»Und wie ist das Freizeitangebot?«

»Das kann man vergessen.« Ich beschloss, die Situation zu retten und kam Hot Dog, der schon den Mund aufgemacht hatte, zuvor. »Die Live-Musik ist total öde, die Disco genauso. Mögen Sie orientalische Süßigkeiten?«

»Mmmm! Danke! Aber es gibt doch Animateure hier, oder? Irgendwie müssen die die Leute doch unterhalten, irgendwelche Programme veranstalten ...«

»Ach ja, stimmt, sie schleifen Kinder auf die Bühne und singen Britney-Spears-Songs mit ihnen.«

»Na prima, dann kann man hier ordentlich Knete machen …« Das Mädchen gab mir ihre Hand, die von unseren Süßigkeiten schon ganz klebrig war: »Ilse, Tänzerin.«

Wir stellten uns vor. Ilsa erzählte, dass sie und ein paar Jungs mit einer Tanz- und Unterhaltungsshow durch die Türkei reisten, von Hotel zu Hotel. Sie selbst sei aus Tallinn, ihre Freunde kämen aus Moskau und Kiew. Sie würden studieren, in Tartu, und in den Semesterferien mit dem Tanzen Geld verdienen.

»In einer Saison kriegt man genug Knete für das ganze Jahr zusammen! Und am Saisonende ist hier Schlussverkauf, da kann man spottbillig Klamotten einkaufen! Ich kann euch zeigen, wo!«

Wir saßen in einer Bar am Swimmingpool und tranken Cocktails. Wir hatten Ilsa mit unserer »jor kard« auf einen Drink eingeladen.

»Ilse, mein Lieber, mit e! Das ist kein russischer Name, der hat kein a am Ende!«, maunzte Ilsa und schlürfte ihren Likör. Mir machte es trotzdem Spaß, ihr ein a anzuhängen. Wenn wir nun mal russisch sprechen, müssen die Fremdwörter sich auch unseren Gesetzen beugen, zumindest im Stillen!

»Ich sage überall, dass ich Russin bin, davor haben die Leute mehr Respekt, hier weiß sowieso keiner, wo Tallinn überhaupt liegt. Ich versuche heute mal, hier im Hotel was zu vereinbaren, Striptease und so, da gibt es immer Bedarf.«

Wir weihten unsere Tigertangas ein und schwammen eine Runde, tranken noch etwas, quatschten ein bisschen, gingen nochmal ins Wasser …

»Gibt es hier einen Kompijuter? Ich muss unbedingt meine Mails abrufen!« Sie sagte es genau so, »Kompijuter«, mit i und j. Ich hatte geglaubt, nur die Leute bei uns in der Stadt würden so reden – vielleicht war unser Gebiet irgendwann mal von Balten besiedelt gewesen? Gut möglich …

»Bestimmt gibt es einen, unsere Bekannte war hier schon im Internet!« Wir drei sahen uns an. Plötzlich fiel uns unsere Bekannte wieder ein, eine sehr gute Bekannte, die schon seit Stunden einen Schiedsrichter beobachtete und sich nicht blicken ließ. Und erst jetzt fiel uns auch wieder ein, warum sie sich nicht blicken ließ. Weil wir in der Nähe der Wasserrutsche auf sie warten sollten, am Kinderbecken, unser Pool dagegen lag am ganz anderen Ende, und folglich waren wir es, die uns nicht bei Natascha blicken ließen.

»Wir müssen los.«

»Ja, wir –«

»Wir müssen!« Wir standen auf, sagten, dass wir uns noch sehen würden, und rannten zur Wasserrutsche. Natascha war wütend. Sehr wütend. Sie saß an einem Tisch in einer Bar vor dem Kinderbecken. Diese Bar lag in einer Art Höhle, über die ein Wasserfall herabströmte. Auf der Karte standen nur Säfte und Eis. Natascha kaute an einem Eis.

»Was glaubt ihr eigentlich?!«, fragte sie zum Einstieg, dann fing sie wüst zu fluchen an.

Wir schwiegen. Ich kann es nicht leiden, wenn Natascha flucht, also konzentrierte ich mich auf meine Badehose. Ich wartete darauf, dass sie trocken wurde, oder vielmehr wartete ich nicht einfach nur, bis das passiert war, sondern ich versuchte zu spüren, wie das feuchte Tigernylon allmählich unter der türkischen

Sonne trocknete. Das mache ich immer so, wenn mich etwas irritiert. Ich konzentriere mich auf meine Sinne. Ich höre zu, wie mein Herz klopft, ich atme tief ein, sodass der Gummizug meiner Hose an meinem Bauch scheuert, ich achte genau darauf, wie mein Augapfel befeuchtet wird, wenn meine Lider sich schließen – ich verstehe meinen Körper, wenn mich etwas irritiert, gerade dann fühle ich mich als Mensch.

»Okay, also am praktischsten ist es, wenn wir ihn in der Sauna erledigen – er hat sich für heute Abend um zehn zu einer Spa-Massage angemeldet. Und zwar funktioniert das hier so, dass man in die Saunaräume geht, sich auf den Massagetisch legt und wartet, bis der Masseur zu einem kommt. Für die Massage muss man bezahlen, aber in die Sauna kann man umsonst. Um diese Zeit wird sonst kaum jemand dort sein, da sind alle beim Essen – anscheinend hat er beschlossen, einen Entschlackungstag einzulegen, und lässt das Abendessen ausfallen, vor einer Massage schlägt man sich ja nicht den Bauch voll, oder? Wir müssen alles exakt berechnen – er legt sich auf den Tisch, wir schleichen uns direkt aus dem Fitnessraum in die Sauna, sodass uns an der Rezeption keiner sieht, und töten ihn, noch bevor der Masseur reinkommt. Ich bin vorhin extra in die Sauna gegangen, um alles zu planen, ich habe mich sogar massieren lassen. Mehr als zwei Leute gleichzeitig passen auf diesen Tisch nicht drauf, und wie gesagt: Um zehn Uhr abends, da sind alle entweder beim Essen oder bei einer Animation. Solange ich da war, hat sich jedenfalls niemand sonst für diese Zeit angemeldet – das habe ich rausgefunden.«

Natascha nahm eine Serviette vom Tisch und fing an, den Grundriss der Sauna und den Zugang vom

Fitnessraum aus aufzumalen. Pepsi fragte Natascha, ob er ihr Eis fertigessen durfte, Hot Dog stützte sich auf dem Tisch auf, meine Badehose war zur Hälfte getrocknet.

»Wir setzen uns derweil auf die Fahrradtrainer, da unten guckt sowieso keiner, was der andere macht. Neben der Sauna sind die Duschen, die benutzen alle nach dem Fitnesstraining, nur wir schleichen stattdessen in die Sauna. Das merkt keiner.«

»Krass, am besten legen wir ihn ohne viel Blutvergießen um, dann merkt der Masseur nichts und massiert ihn trotzdem, und erst wenn er ihn bittet, aufzustehen, kapiert er, dass sein Kunde den Löffel abgegeben hat!«

»Genau, dann denken alle, dass er die Massage nicht ausgehalten hat, das kommt wirklich manchmal vor! Die Hitze in der Sauna, und die Anspannung in den Muskeln, bei einem Sportler erst recht – super Plan!« Pepsi lächelte übers ganze Gesicht, seine Metallkronen waren vom Eis noch milchweiß. Ich wandte mich ab.

»Und wie sollen wir ihn umlegen? Erwürgen?«

»Also, wenn wir ihn erwürgen … wenn …«

Dieses kleine Problem hatten wir doch glatt übersehen! Auf welche Weise sollten wir den Schiedsrichter ins Jenseits befördern? Waffen hatten wir nicht, aber so, mit bloßen Händen, ging es doch auch nicht. Jedenfalls nicht für mich!

»Mir ist das auch irgendwie zu …« Pepsi lächelte nicht mehr.

Hot Dog hielt seinen Gips hoch.

»Und ich, wie soll ich damit … mit einer Hand vielleicht? Oder mit dem Gips eins über den Schädel?«

Wir warteten darauf, dass Natascha etwas einfiel. Sie begann zu sprechen.

»Am besten rühren wir ihn gar nicht an, damit wir keine Fingerabdrücke auf der Leiche hinterlassen. Man könnte ihm ganz einfach den Kopf gegen die Fliesen schlagen, aber dafür müsste man ihn ja auch anfassen, ich bin eher dafür, ihn aus der Entfernung zu töten, sodass wir uns nicht die Finger schmutzig machen. Trotzdem muss das ein Schaumord sein, versteht ihr, es darf nicht wie ein Unfall aussehen, wozu zum Henker sind wir sonst überhaupt hier? Es muss jedem klar sein, dass dieser Mann umgebracht worden ist, er hat etwas Schlechtes getan und ist dafür bestraft worden! Wir sind die Werkzeuge des Schicksals!«

Oh ja, wir in unseren geschmacklosen Tigerbadehosen, mit Gipsarm und ohne jede Orientierung … Aber andere Werkzeuge hat das Schicksal eben nicht! Und der Schiedsrichter muss heute den Löffel abgeben, stimmte ich Natascha in Gedanken zu. Anscheinend hörte sie mich.

»Wo habt ihr die Teile eigentlich her?«

»Es gab keine anderen, das war das einzige Modell …« Pepsi fing an, sich für sein Äußeres zu rechtfertigen, als ob Natascha ihm als Frau etwas bedeutete. Irgendwann hatte sie ihm auch wirklich etwas bedeutet, sie hatten sogar mal was miteinander gehabt, beim Abschlussball. Wir hatten alle schon mal was miteinander gehabt – klar, die Stadt war klein –, aber das ging alles wieder vorbei, also, wir waren uns nahe, aber nur kurz, so was dauerte vielleicht einen Tag oder zwei, bei einem Fest oder irgendwelchen besonderen Anlässen, und dann verflog es wieder, und wir wussten genau, dass keiner von uns diese Nähe gebrauchen konnte, aber sie verschwand auch nicht völlig, wir spürten die Nähe zwischen uns, und deshalb entfernten wir uns noch mehr voneinander. Erst recht, weil wir uns dauernd gegenseitig verdächtigten, wer mit wem etwas hatte, weil man nicht der Freund eines Mädchens sein wollte, die zur selben Zeit noch mit einem anderen Typen zusammen war, mit dem man selbst wiederum auch befreundet war. Bestimmt war Natascha gestern mit Pepsi zusammen gewesen, obwohl sie mich als Zimmergenossen gewählt hatte, und obwohl wir vor dem Abflug nach Antalya alle dachten, sie wollte etwas mit Hot Dog anfangen. Tja ... An einem Nebentisch fing ein älterer Deutscher an zu schreien. Laute Stimmen irritierten uns immer, deshalb drehten wir uns alle gleichzeitig nach ihm um. Wie sich herausstellte, schrie der Deutsche gar nicht. Das war einfach seine Art zu reden. Der Alte gab dem Kellner einen Stift:

»Das ist kleine Präsent! Verstehen?«

Der Kellner, ein Türke mit abstehenden Ohren, der garantiert vor einer Woche noch oben in den Bergen Schafe gehütet hatte, wurde ganz rot und fing an, die Hand des Deutschen zu schütteln und zu drücken.

»Das macht er, damit die sich an ihn erinnern und ihn gut bedienen. Ich habe ihn schon beim Frühstück gesehen, da hat er auch einer Kellnerin einen Stift geschenkt.« Hot Dog lächelte überlegen, als hätte er ein schreckliches Geheimnis des alten Deutschen aufgedeckt. Ein weiteres schreckliches Geheimnis deckte ich dann auf, als mein Blick auf den bandagierten Oberschenkel des Alten fiel.

»Erkennst du ihn nicht, Hot Dog?«

»Nö, wieso, fünfundvierzig war ich noch nicht auf

der Welt. Pepsi, vielleicht kennt dein Opa ihn ja, aus der Panzerschlacht bei Kursk?«

»Klar, schade dass er nicht hier ist, der hätte dem ein paar schöne Urlaubserinnerungen verpasst!«

»Also das gibt's doch nicht, schaut doch mal richtig hin, du hast dem Typen gestern einen Pfeil ins Bein geschossen, Hot Dog! Beim Bogenschießen!«

Wir johlten alle gleichzeitig los. Der Deutsche wurde unruhig und spähte zu uns herüber.

»Wieso können diese Eurotrash-Typen eigentlich so viel Lärm machen, wie sie wollen, und keiner schert sich drum, aber wenn wir über sie lachen, dann heißt es gleich, wir sind Barbaren!«

Hot Dog fragte mich, was Eurotrash war. Ich wusste nicht, was ich sagen sollte.

»Verstehst du, Hot Dog, für mich sind alle diese Leute in Europa, also, du hast sie doch gesehen am Flughafen, wie die rumlaufen mit ihren stinkigen Rucksäcken und ihren alten Jeans, ihre Klamotten schmeißen sie einfach auf den Boden, und hinsetzen tun sie sich auch auf den Boden, und hinlegen genauso, die zeugen sogar ihre Kinder auf dem Boden! Deshalb vereinigen die sich jetzt auch alle, weil sie alle gleich sind, dieselben vollgespuckten Straßen, dieselben Büros, dasselbe Geld – eben Eurotrash, Abfall, europäischer Müll!«

Mir war klar, dass Hot Dog immer noch nichts verstand, aber er war mein Freund, also versuchte ich zumindest, ihm zu erklären, was ich selber kaum begriff.

»Ich bin am selben Tag wie Napoleon geboren!« Bei Pepsi hatten meine Worte sehr eigene Gefühlswallungen ausgelöst. »Einmal haben mir ein paar Freunde gesagt, ich soll das Radio einschalten, sie hätten sich ein Lied für mich gewünscht, und dann kam im Radio den ganzen Tag irgendwas über Napoleon. Also anscheinend ist Europa jetzt so, wie Napoleon es haben wollte, der hat sie wohl alle vereinigen wollen in seinen Kriegen, und jetzt sind sie wirklich vereinigt.«

»Und dann, ist es noch gekommen?«

»Was?«

»Das Lied!«

»Ach so – ja.«

»Und was war's?«

»Bryan Adams, der Titelsong aus *Robin Hood – König der Diebe,* das habe ich damals gern gehört.«

»Wir erschießen ihn einfach mit Pfeil und Bogen!« Natascha hatte die ganze Zeit über nicht zugehört, sondern nachgedacht. Jetzt hatte sie die Lösung.

»Wie bitte?«

»Wo habt ihr denn gestern diesen Deutschen angeschossen? Da gibt es doch Bogen zu leihen?«

»Ja, auf dem Schießplatz … dem Bogenschießplatz …«

»Von da holen wir uns Pfeil und Bogen, und dann nageln wir ihn in der Sauna fest!«

»Womit denn? Die Pfeile haben doch gar keine richtige Spitze! Damit verletzen wir ihn höchstens, wie diesen Fritz da drüben.«

Unser Gespräch erinnerte an eine Partisanenversammlung in den Wäldern von Brjansk. Dem Deutschen wurde unbehaglich, er zog sich sicherheitshalber Richtung Strand zurück. Offenbar verstand er ein bisschen Russisch – sicher ein Mann mit Vergangenheit.

»Wir müssen uns eine richtige Pfeilspitze besorgen, aus Metall!« Natascha riss die Augen auf, das bedeutete nichts Gutes – wahrscheinlich würden wir den

Schiedsrichter wirklich mit Pfeil und Bogen erledigen müssen.

»Und wo nehmen wir das Metall her?« Pepsi grinste und bleckte dabei die Zähne.

»Du hast doch ein ganzes Erzbergwerk im Mund!« Natascha war nicht mehr zu halten. »Habt ihr noch was übrig?«

Hot Dog beugte sich unter den Tisch, griff nach einem seiner Puma-Sportschuhe, klappte die Zunge um und holte unter dem Etikett, auf dem das Herstellerland und die Schuhgröße steht, eine kleine Haschischtüte hervor.

»Noch genug!«

»Dann soll Pepsi was rauchen!«

»Das ist doch nicht euer Ernst, und was ist mit meinen Zähnen? Die fallen doch aus ohne Kronen!«

»Zähne müssen atmen! Wie lange hast du diese Kronen schon?«

»Seit der achten Klasse!«

»Na bitte, und was denkst du dir eigentlich dabei? Du denkst überhaupt nicht an deine Gesundheit! Die müssen ausgewechselt werden, also los, du gehst was rauchen, und dann – wie holen wir die Dinger denn raus?«

»Ganz einfach, mit einer Gabel!« Hot Dog ging zum Tresen, eine Gabel holen, Natascha packte ihre Zigaretten aus und fing an, einen Joint zu bauen, für Pepsis psychologische Anästhesie.

Ehe ich noch richtig begriffen hatte, was vor sich ging, lagen auf dem Tisch neben dem Schälchen mit dem schmelzenden Eisrest schon vier Kronen. Am Nebentisch weinte ein kleines türkisches Mädchen, das zugeschaut hatte, wie Hot Dog in Pepsis Mund Eisen abbaute. Alle übrigen Tische waren seit der ersten herausgebohrten Krone schon leer. Von der Wasserrutsche ertönte ein Kreischen. Irgendein dicker älterer Türke war anscheinend zum ersten Mal gerutscht, und das hatte ihm solchen Spaß gemacht, dass er jetzt mit Fußtritten seinen Freund nach oben bugsierte, der ganz offensichtlich keine Lust hatte zu rutschen. Er hatte Angst und versuchte zu entkommen, aber der Dicke gab nicht nach. Ich hätte ihnen gern noch länger zugeschaut, aber da fiel mir plötzlich etwas ein: Hey, und wie sollten wir die Pfeilspitze schmieden?

Alle schwiegen betroffen. Vor allem, weil mir das ein bisschen zu spät einfiel. Ich beschloss, die Situation zu retten. Das war etwas, das mir im Allgemeinen ganz gut gelang – die Situation retten. Ich wusste, dass ich einiges leisten konnte, meine Zeit war bloß noch nicht gekommen. Das heißt, eigentlich war sie schon da, aber fürs Erste nur bruchstückhaft. In diesem Herbst hatte es eines späten Abends bei mir zu Hause an der Tür geklopft. Ich machte auf. Draußen stand der Direktor unseres Atomkraftwerks, Stanislaw Olegowitsch. Er trug einen weißen Anzug, von dem der Herbstmatsch nur so triefte. Stanislaw Olegowitsch sagte, er hätte einen Menschen getötet, und fing an zu weinen. Ich führte ihn in mein Zimmer und gab ihm ein Glas Wasser. Stanislaw Olegowitsch roch nach Alkohol. Er hatte an diesem Tag an einem hochrangigen Treffen teilgenommen. Infolge der Entfaltung des Liberalismus in unserem Land wurden neuerdings ab und zu ausländische »Partner« in unsere Stadt gelassen. Diesmal hatte ein amerikanischer Geschäftsmann das Kraftwerk besucht. Er führte irgendwelche geschäftlichen Gespräche mit unserer Firmenleitung, und danach musste Stanislaw Olegowitsch natürlich mit ihm in ein Restaurant fahren. Dort brachte er ihn so weit, dass der Amerikaner jede Kontrolle über sich verlor. Fluchend erzählte Stanislaw Olegowitsch mir, in Amerika könne man sich nicht einfach wie ein Vieh benehmen, der öffentlichen Meinung wegen. Jede Form von Muße sei streng reglementiert. In unserer geschlossenen Stadt dagegen habe der Amerikaner so richtig zu spüren bekommen, was wahre Freiheit war. Stanislaw Olegowitsch gelang es kaum, ihn wieder ins Auto zu bugsieren, um ins Hotel zu fahren. Im Auto machte der Amerikaner erst recht Radau. Er trat Stanislaw Olegowitsch, der ohnehin schon Mühe hatte, den Wagen zu steuern, gegen den Kopf, kotzte in den Aschenbecher und fluchte auf Russisch. Schließlich brüllte er, er müsse pissen, und sprang direkt auf dem Hauptplatz der Stadt bei voller Fahrt aus dem Auto. Stanislaw Olegowitsch trat auf die Bremse und schaute in den Rückspiegel. Seltsamerweise stand der Amerikaner quicklebendig mitten auf der Straße vor einer riesigen Pfütze und ließ die Hosen herunter. Auf Höhe der Pfütze stand auf der einen Straßenseite ein Denkmal für unseren ehemaligen Führer, auf der anderen das Rathaus. Beide Architekturdenkmäler waren Stanislaw Olegowitsch lieb und teuer. Er stieg aus dem Auto und rannte auf den Amerikaner zu. Der stand seelenruhig da und wartete darauf, dass der Urinier-Prozess endlich einsetzte. Stanislaw Olegowitsch sprang ihm an den Hals, stieß ihn in die Pfütze und fing an, unter den Worten »Das habt ihr von eurem Irak!« mit seinen riesigen Fäusten auf den Geschäftsmann einzudreschen. Dem Amerikaner waren endgültig die Hosen heruntergerutscht. Stanislaw Olegowitsch versuchte, ihn wieder anzuziehen, aber vergeblich. Am unangenehmsten war ihm nicht die Tatsache, dass er den Amerikaner immerhin umgebracht hatte, sondern die unverschämte Art, mit der die auf der nächtlichen Hauptstraße vorüberfahrenden Autos die zwei Männer anhupten, von denen einer keine Hosen anhatte und der andere auf dem ersten saß und mit den Armen fuchtelte. Tatsächlich sah das Ganze nach einer Schlamm-Sex-Szene aus – Stanislaw Olegowitsch fand, er hätte sich mit Schande bedeckt, und fing wieder an zu weinen. Ich zog ihn aus und brachte ihn ins Bett. Dann nahm ich seine Autoschlüssel, fuhr zum zentralen Platz und fischte den Amerikaner aus der Pfütze. Natürlich lebte er noch, er war nur ziemlich durcheinander und entschuldigte sich für alles, was sie der islamischen Welt angetan hatten. Ich brachte ihn ins Hotel, dann fuhr ich nach Hause und säuberte Stanislaw Olegowitschs schmutzigen Anzug. Seitdem konnte ich mir freinehmen und Urlaub machen, wann ich wollte, ich brauchte nicht mal in der Direktion Bescheid zu sagen. Vor allem aber war mir nach diesem Vorfall endgültig klar, dass wir von unfähigen Leuten regiert werden. Die haben sich bloß alles so bequem zurechtgelegt – den Jüngeren haben sie das Etikett »verlorene Generation« verpasst, und selber schmeißen sie alles, was ihnen in den Schoß gefallen ist, seelenruhig zum Fenster raus. Wir sind viel klüger, viel lebensfähiger und stärker, aber fürs Erste warten wir – wir warten ab.

»Wir bitten einfach den Glasbläser, dass er unsere Kronen einschmilzt! Für fünf Euro! Dem ist es doch egal, ob er Glas oder Zahnkronen plattwalzt! Und das flüssige Metall gießen wir in eine Form! Und die Form schneiden wir aus … aus dem Gips!«

Gesagt, getan: Wir gruben sofort eine Form für die Pfeilspitze in Hot Dogs Gips und gingen zu unserem Souvenirlöter. Der Alte sträubte sich so lange, bis Natascha ihr Angebot schließlich von fünf auf dreizehn Euro erhöhte. Für diese mystische Summe schmolz der Löter und Glasbläser in einer gusseisernen Schale unsere Zahnkronen ein, dann sah er Natascha fragend an.

»Put it hir!«, befahl Natascha barsch und zeigte auf Hot Dogs Gipsarm. Der Alte schüttelte erst den Kopf, aber die verlangte Summe steckte schon in seiner Tasche, also goss er die Flüssigkeit nach kurzem Nachdenken in unser Förmchen. Das Metall war noch ganz flüssig, da jaulte Hot Dog schon auf und flehte uns um Erlaubnis an, es auszugießen. Wir sagten nein. Natascha lief ins Restaurant, ein kaltes Mineralwasser holen. Fünf Minuten später war die Pfeilspitze fertig. Hot Dogs Gips hatte ein Loch. Wir waren wohl alle nicht sehr bewandert in Physik, ich persönlich war aus irgendeinem Grund überzeugt gewesen, dass Gips hervorragende Wärmeisolationseigenschaften hatte – zu Unrecht, wie sich zeigte. Natascha ging mit Hot Dog zum Arzt, Pepsi und ich bekamen den Auftrag, einen Bogen zu stehlen.

»Vielleicht geben wir diesem Mujred einfach eins auf die Mütze?«

»Nein, das fällt doch auf!« Wir überquerten den Tennisplatz und blieben vor dem Schießplatz stehen. Mujred saß auf seinem Stühlchen neben einer Zielscheibe und langweilte sich. Es war bestes Wetter, alle waren am Strand. Auch Tennis spielte niemand.

»Es ist zu heiß.«

»Gleich wird es noch heißer.« Pepsi war entschlossen, Mujred eins auf die Mütze zu geben, aber ich hielt ihn zurück.

»Im Ernst, Pepsi, wir dürfen hier keinen Radau machen! Lass uns überlegen …«

Wir fingen an zu überlegen, und in diesem Moment sah ich Retik, der vor der Badetuchausgabe stand. An dem Stand arbeitete heute eine hübsche Türkin, und Retik hatte sich in einen regelrechten Beau verwandelt. Er schlenkerte mit den Armen und wippte im Takt der Strandmusik – kurz, er versuchte, Eindruck zu schinden. Mir war inzwischen klar, dass Retik unsere einzige Möglichkeit war, ohne Aufsehen an unseren Bogen heranzukommen.

»Also, pass auf, du wartest hier auf mich, und ich höre mich mal bei den Ortskundigen um, wo wir einen Bogen herkriegen.«

»Bei was denn für Ortskundigen?«

»Da drüben steht so ein Typ, siehst du, der arbeitet hier, ich habe ihn gestern beim Bowling kennengelernt – für den ist das garantiert kein Problem …«

»Na klar! Prima!«

Wir fuhren mit einem Aufschrei herum. Hinter uns stand Ilsa. Sie lächelte, aber ihre Augen waren mit Wimperntusche verschmiert, anscheinend hatte sie lange geweint.

»Jungs, ihr müsst mir helfen. Meine Freunde sind ertrunken. Und ich soll heute hier tanzen. Ich habe alles klargemacht, und jetzt so ein Pech. Sie sollten heute Abend ankommen, aber sie sind in Kemer besoffen schwimmen gegangen, und dann ist das passiert … Kostüme und alles andere habe ich – aber wo ist denn euer Freund?«

»Beim Arzt, zum Verbinden.«

»Je mehr ihr seid, desto besser.«

»Also weißt du ... wir tanzen sowieso nicht so besonders, und wenn wir uns auch noch ausziehen sollen, kann das ziemlich ... danebengehen.«

»Schau mal, mein Lieber, erstens bezahle ich euch dafür, und zweitens lernt ihr auf die Art einen Haufen Leute kennen, die euch euren ganzen Urlaub sponsern, ich verbringe den Sommer immer so, keine Kopeke gebe ich aus! Ihr werdet super ... superpopulär, hmmm!« Ilsa verfiel in dieses angenehme baltische Schnurren ... Ich wäre gern noch länger stehen geblieben und hätte zugehört, aber was wir brauchten, war nicht Ilsa, sondern ein Bogen – zumindest, solange wir den Schiedsrichter nicht getötet hatten.

»Also, ich könnte das im Prinzip schon machen, wenn mir einer sagt, was ich machen muss, mir ist das im Prinzip schnurz, ich kann mich auch ausziehen, Hauptsache ...« Pepsi sah mich an. »... das kriegen wir irgendwie hin, klare Sache.«

Pepsi brauchte Ilsa offensichtlich doch, auch bevor wir die Sache mit dem Schiedsrichter geklärt hatten. So verworren drückte er sich immer dann aus, wenn er etwas Bestimmtes wollte, aber nicht wusste, wie er seinem Wunsch angemessen Ausdruck verleihen sollte. In diesem Fall wollte er einfach unter dem Vorwand von Proben Ilsa beim Ausziehen zusehen, zum Auftritt selbst würde er garantiert nicht erscheinen – obwohl das natürlich alles von Ilsa abhing!

»Von Ilse, nicht Ilsa, mein Lieber, das ist kein russischer Name, wie oft muss ich dir das noch erklären. Okay, unsere Show ist um neun, also treffen wir uns gegen acht für einen kleinen Crashkurs, schlage ich vor – Striptease ist nicht weiter schwierig, man muss nur wollen und den richtigen Blick draufhaben – beim Tanzen, meine ich. Ach ja, und bringt euren Freund mit, den mit dem Gipsarm, der ist so lustig.«

»Okay, alles klar.«

Retik dämmerte es inzwischen, dass sein Mädchen ihn lieber jetzt als gleich loswerden wollte. Noch ein paar Minuten, dann würde man ihn auf dem ganzen Hotelgelände suchen müssen, deshalb beendete ich das Gespräch möglichst schnell, brachte Pepsi vor Ilsa in Sicherheit und passte Retik genau in dem Moment ab, als er ein paar unterdrückte aserbaidschanische Flüche ausstieß und sich von der Badetuchverteilerin entfernte.

»Hey, Retik, wie geht's!«

»Ah, hallo!«

Wir schüttelten uns die Hände.

»Hör mal, ich habe ein Anliegen, ich brauche Pfeil und Bogen. Dringend.«

»Mein Onkel hat heute früh angerufen, uns geht eine Partie Kaviar verloren. Er braucht einen Kurier. Dringend.«

»Ich kümmere mich um euren Kaviar, Retik. Wenn du mir auch hilfst. Zimmer 603.«

Wir schüttelten uns die Hände.

Pepsi hatte brav auf mich gewartet, und als ich zurückkam, gingen wir aufs Zimmer. Unterwegs schauten wir in einer Bar vorbei – nur ganz kurz –, und dann gingen wir aufs Zimmer. Der »lustige« Hot Dog saß da und rauchte, also hatte der Arzt ihm wohl wehgetan. Natascha stand unter der Dusche, und auch das hatte wohl seinen Grund ...

»Hör mal, Hot Dog, wir haben einen Job an Land gezogen für heute Abend, es gibt Geld.« Pepsi wusste, wie man Hot Dog anpacken musste. »Wir tanzen eine Runde ... mit Ilsa ... die zahlen richtig Geld dafür ... sie zeigt uns, was wir machen müssen.«

»Aber was ist denn mit ihren Backgroundtänzern aus ... Tartarus?«

»Die sind schon im Tartarus!«

»Sie sind alleine zurückgefahren? Haben sie einfach sitzenlassen?«

»Genau, einfach sitzenlassen. Jedenfalls, Natascha sagst du besser erst mal nichts davon, sonst wird sie sauer. Irgendwann zwischendurch müssen wir auch den Schiedsrichter noch kaltmachen.«

»Habt ihr den Bogen?«

»Den bringt uns gleich jemand vorbei. Was macht dein Arm?«

»Na ja, erst haben sie so eine Art Bimsstein in das Loch gekippt, gegen die Verbrennung, und dann mit Gips aufgefüllt. Ich soll vorsichtig sein. Bei Ilsa werde ich jedenfalls nicht mitmachen können.«

»Es gibt Geld, Hot Dog!«

»Aber da geht es doch um ... sie tanzt doch diesen ... also ich meine ... sie zieht sich doch aus! Sollen wir uns dann vielleicht auch ausziehen?«

»Es gibt Geld, Hot Dog!«

»Aber das geht doch nicht, mit dem Gips ...«

»Wieso nicht? Das Ausziehen dauert nur länger auf die Art. Das bedeutet noch mehr Geld!« Ich versuchte, Hot Dogs Motivation noch zu verstärken. »Außerdem ist das ein hervorragendes Alibi für uns: Wir sind keine Mörder, wir sind Tänzer!«

»Ein Gips ist gar nichts Schlimmes!« Pepsi schwenkte plötzlich auf das für ihn so heikle Thema Medizin um. »Ich habe gelesen, selbst wenn man sich sämtliche Knochen bricht und sich sein Leben lang total kaputt macht, können sie einen mit Stammzellen wieder aufbauen! Das ist eine Methode von Außerirdischen, habe ich gelesen! Aber inzwischen gibt es das auch bei uns!«

»Stammzellen, so ein Quatsch! Ein Computerabdruck von deinem Bewusstsein, das bringt's echt!« Das war also Nataschas Einfluss auf Hot Dog.

»Toll! Was soll denn an einem Computer echt sein?!«

»Alles! Wozu willst du dich denn neu aufbauen lassen, wenn du dich hinterher wieder genauso kaputt machst? Damit es dir nochmal genauso schlecht geht, genauso dreckig, ja? Im Computer bleibst du für immer! Völlig schmerzfrei! Du brauchst nichts kaputt zu machen, und dich macht auch nichts kaputt!«

»Und wenn der Computer mitsamt deinem Bewusstsein abstürzt? Was ist dann?«

Was dann wäre, erfuhren wir nicht mehr. Es klopfte an der Tür.

»Wer ist das?«

»Bestimmt der Bogen!«

»Oder das Zimmermädchen?«

Wir beschlossen, lieber vorsichtig zu sein: Hot Dog und Pepsi gingen auf den Balkon, ich ging aufmachen.

Retik durfte uns nicht zusammen sehen, er wusste ja nicht, wofür ich den Bogen wollte – vielleicht als Erinnerung an die Türkei ... außerdem würde ich Kaviar transportieren für seine Leute ... ich würde einer von ihnen werden, und die eigenen Leute verpfeift man nicht ... All diese paranoiden Gedanken schossen mir durch den Kopf, während ich zur Tür ging. Draußen stand Retik. Das hatte er aber schnell hingekriegt. Ich bat ihn herein. Retik legte eine riesige Bademanteltüte auf dem Beistelltisch ab. Durch die fast durchsichtige Tüte schimmerte der Bogen hervor. Die Pfeile trug Retik in der Hand. Drei Pfeile. Wir brauchten nur einen, weil wir auch nur eine tödliche Pfeilspitze hatten.

»Hier. Wann kannst du fahren?«

»Na ja, also erst mal mache ich ja noch Urlaub hier, eine Woche oder so ... danach könnte ich ...«

»Du musst mir das Datum sagen und von wo aus du fliegst, ich gebe dir dann das Geld für das Ticket. Wenn du von hier fliegst, buche ich für dich.«

»Ich überleg's mir – wahrscheinlich fliege ich von zu Hause ...« Wahrscheinlich würde ich überhaupt nicht fliegen, aber Retik sollte mir das Geld ruhig auszahlen, wie es in solchen Fällen üblich war. Das war bestimmt seine eigene Idee gewesen, für mich zu buchen, er wollte das Ticket billiger besorgen und den Rest des von seinem Onkel für den Kurier vorgestreckten Geldes selbst einstecken. Man muss immer zwei Schritte voraus denken, immer mit Röntgenapparat im Kopf rumlaufen, um die Leute zu durchschauen, man muss immer die Zehen gegen den Boden drücken! Das hat meine Mutter mir beigebracht – von klein auf, wenn sie mich in die Schule geschickt hat, im Winter, hat sie mir das eingebläut: Immer die Zehen nach unten, achte nicht auf den Schnee, unter dem Schnee ist es vereist, drück die Vorderzehen gegen den Boden, dann fällst du nie hin. Und mit den Menschen ist es genauso, vertrau keinem, nach außen kann einer ein guter Mensch sein, aber im Inneren sind sie alle gleich, und glaub mir, da drinnen, im Inneren taugen sie alle nichts ... oder jedenfalls die meisten, fügte meine Mutter hinzu, weil ich noch klein war und den Glauben an die Menschheit noch nicht komplett verlieren sollte. Knüpfe Kontakte, finde Freunde, aber gib nichts von dir selbst preis, nichts Persönliches, und auch nichts von Papa und mir, von unserer Familie ... dann fällst du nie hin ... Meine Zehen waren immer angespannt, das hat mich oft gerettet, aber glücklich hat es mich nicht gemacht. Vielleicht hatte ich meine Mutter zu wörtlich verstanden, aber jetzt war es zu spät, um mich zu entspannen. Ihr Bruder, mein Onkel, hatte sein halbes Leben gesessen, nur weil er sich einmal kurz danebenbenommen hatte, und als er entlassen wurde, brachte er es fertig, sich gleich wieder danebenzubenehmen, und zwar so, dass er wieder geschnappt und verknackt wurde. Er saß praktisch pausenlos im Gefängnis. Einmal brach er aus, er flüchtete aus dem Lager, lief barfuß über einen zugefrorenen See, die Vorderzehen fest nach unten gedrückt – nur deshalb ist ihm die Flucht geglückt –, aber danach haben sie ihn wieder geschnappt. Also wozu dann überhaupt die Zehen zu Boden drücken, wenn man hinterher ...

»Überleg es dir bald, ich rufe meinen Onkel an und sage, sie sollen noch warten.«

»Okay, ich überleg's mir. Danke.«

Da kam Natascha herein. Frisch geduscht. Schön. Jede Frau ist schön, wenn sie gerade aus der Dusche kommt. Im Lauf des Tages verflüchtigt sich das dann wieder, aber diese ersten Augenblicke ... Natascha wickelte sich im Gehen in ein Handtuch, und Retik fing ganz allmählich an, den Verstand zu verlieren.

»Guten Tag!« Natascha beugte sich zur Minibar, holte eine Dose Dr. Pepper heraus, öffnete sie und trank, wobei sie Retik fixierte. Garantiert war Retik dabei, sich zu verlieben. Bei orientalischen Männern ist das oft so. Umso besser für uns, ein Köder mehr.

»Das ist Natascha, wir machen zusammen Urlaub. Und das ist Retik, er arbeitet hier.«

»Hallo.« Natascha streckte Retik ihre feuchte Hand entgegen. Und Retik streckte Natascha seine feuchte Hand entgegen. So lernten sie sich kennen. Retiks Handy klingelte, er brabbelte irgendwas auf Türkisch und wurde sogar laut dabei – anscheinend wollte jemand Bowling spielen, während er sich doch gerade verliebt hatte. Natascha ging zur Balkontür, machte den Vorhang auf und sofort wieder zu. Sie hatte in Sekundenbruchteilen alles begriffen. Darin unterschied sich Natascha von uns dreien. Ich brauchte Minuten, Pepsi Stunden, Hot Dog Tage, aber Natascha begriff alles sekundenschnell. Ein weiterer Blick zum Beistelltisch mit dem Bogen darauf, und Natascha nahm die Haltung eines Fotomodells an, schaltete den Fernseher ein und fing an, scheinbar unbewusst bei irgendeinem deutschen Song mitzuwippen, der gerade auf Viva lief.

»Ich muss gehen. Kommt doch heute Abend mal vorbei, wir können Bowling spielen, gratis natürlich, und was trinken, ein bisschen relaxen, ich zeige euch ... das Hotel ... kommt vorbei, ja?«

»Oh, ich liebe Bowling! Gibt es hier Bowling?«

»Ja, das bin ich, der mit dem Bowling ... Er hier war schon da, er weiß, wo es ist, kommt vorbei. Also dann, bis später, ich muss los, die suchen mich schon ...« Retik wandte den Blick mühsam von Natascha ab und fragte mich: »Alles klar?«

Ich sah ihm in die Augen und sagte:

»Wir reden noch darüber!«

»Bis heute Abend!«

»Bis heute Abend!« Natascha ließ sich aufs Sofa fallen, Retik verließ das Zimmer. Ich zog den Vorhang auf und gab den Jungs ein Zeichen.

»Ein schöner Mann.«

»Ein Aserbaidschaner.«

»Davon gibt's hier viele, die Grenze ist ganz in der Nähe, die verdienen sich hier was dazu.« Pepsi sagte das so, als wäre er auf dem Laufenden über alles, was in der Region geschah.

»Bin ich auch, das hat in der Zeitung gestanden.« Hot Dog sah Natascha an, schnaubte kurz und ging daran, die Tüte auszupacken.

»Das ist ja ein kaputter Bogen!«

Tatsächlich hatte der Bogen einen Knacks, war aber nicht ganz durchgebrochen.

»Man muss ihn beim Spannen einfach an der Stelle halten, wo der Sprung ist.« Ich versuchte, Retiks Ehre zu retten.

»Vielleicht tauschen wir ihn besser um?« Pepsi nahm den Bogen aus Hot Dogs Händen und versuchte ihn so zu halten, wie ich gesagt hatte. Die Sehne spannte sich, der Bogen knickte ein.

»Du musst ihn fester halten!«

»Wir müssen ihn umtauschen!«

»Klar, am besten fordern wir auch noch eine Kompensation für unseren moralischen Schaden. Er hat eben genommen, was er kriegen konnte, einen anderen Bogen hätten sie ihm gar nicht gegeben. Wir schießen mit diesem, ich spanne die Sehne und Pepsi hält den Bogen fest.«

»Da können wir ihm den Pfeil auch gleich mit der Hand in den Schädel bohren, ohne Bogen, das ist einfacher!« Hot Dog wurde allmählich zum Experten im Umgang mit Pfeilen.

»Überhaupt nicht! Der Bogen ist schon in Ordnung. Pass auf, den nageln wir glatt an die Wand!« Pepsi gefiel die Vorstellung, dass er gewissermaßen nicht alleine töten würde, sondern mit mir zusammen.

»Die Wände sind aus Stein, wie wollt ihr da denn jemanden drannageln! Also, wir machen es so. Du, Hot Dog, gehst sozusagen eine Runde schwitzen. Du setzt dich in die Sauna. Du machst einen Aufguss. Die Jungs warten inzwischen im Fitnessraum. Sobald der Schiedsrichter reinkommt und sich auf den Massagetisch legt, verlässt du die Sauna. Das ist das Signal für euch beide. Wenn Hot Dog im Fitnessraum auftaucht, lauft ihr sofort rüber, schießt und lauft auf demselben Weg wieder zurück. Das Wichtigste ist, dass ihr es schafft, bevor der Masseur reinkommt.«

»Und dieser Aserbaidschaner, verpfeift uns der nicht?«

»Nein!«, fuhren Natascha und ich im Chor Hot Dog an. Jeder von uns war auf seine Weise überzeugt, dass Retik uns nicht verpfeifen würde.

Hot Dog wurde tiefrot. Aber er sagte nichts. Pepsi holte aus dem Kühlschrank seine ehemaligen Zahnkronen hervor, die jetzt eine Pfeilspitze waren, und hielt sie probehalber an einen Pfeil.

»Und wie machen wir die da fest? Drankleben vielleicht?«

»Wir wickeln sie fest, wie in der alten Zeit.«

Hot Dog hatte eine Schwäche fürs Altertum. Besonders seit wir ihm seinen Stammbaum geschenkt hatten. Das war im Jahr zuvor gewesen. Bei Hot Dog stand ein runder Geburtstag an. Er wurde 25. Wir waren auf der Suche nach einem Geschenk, das er so schnell nicht wieder vergessen würde. Pepsi hatte damals gerade eine Fernsehprogrammzeitschrift gekauft und strich mit Kugelschreiber an, was er gucken wollte, die interessantesten Sendungen. Er malte eben einen Kreis um die Anfangszeit von *Fort Boyard,* als sein Blick auf eine Anzeige fiel: »Erfahre, wo deine Wurzeln liegen! Stammbaum auf Bestellung!« Wir bestellten einen Stammbaum für Hot Dog. Das war ein ausgezeichnetes Geschenk, und es kostete uns nicht mehr als Hot Dogs Ausweisdaten und anderthalbtausend Rubel. Wir hatten damit gerechnet, dass wir locker dreitausend hinlegen müssten für ein Geschenk, immerhin wurde er 25 – und jetzt so ein Glücksfall. Auch Hot Dog freute sich sehr darüber, er lernte viel über sich selbst, und gleichzeitig begann damit auch sein Altertumstick.

Hot Dogs Ahnentafel sah aus wie ein merkwürdiger Baum, dessen Stamm auf zwei Wurzeln stand, wie auf zwei Beinen. Unter einem der zwei Beine stand »Ab Lai, genannt Der Schlächter, großer Krieger der Goldenen Horde«, unter dem anderen »Aslanian, Ackerbauer und Winzer aus Urartu«. Neben dem Wort »Urartu« war ein Sternchen, und am unteren Bildrand hieß es neben einem weiteren Sternchen: »Urartu – altes Reich auf dem Gebiet des heutigen Armenien, nicht erhalten.«

»Was ist denn die Goldene Horde?«, fragte Hot Dog, als er begann, die Schriftrolle zu studieren, die wir ihm statt eines prunkvollen Geburtstagsgeschenks überreicht hatten.

»Das sind die Mongolen, Dschingis Khan und so.« In den Comics, für die Pepsi sich interessierte, traten manchmal historische Figuren als Helden auf, er sprach daher als Goldene-Horde-Spezialist.

»Also so was wie Chinesen oder Vietnamesen – Jackie Chans eben.« Jackie Chan war Pepsis und Hot Dogs Ausdruck für Chinesen. Manchmal, wenn sie einen Abnehmer für die Sachen aus ihrem Kabuff suchten, machten sie auf dem Markt Geschäfte mit ihnen.

Oben an dem Stamm waren zwei dicke Äste eingezeichnet, die sich wie zwei Arme nach beiden Seiten ausstreckten. Von jedem Ast standen im rechten Winkel einige dünne Zweige ab. Pepsi erklärte:

»Siehst du, die beiden Äste, das sind deine entfernten Verwandten, die von diesen Wurzeln abstammen. Dieser Ast hier ist die Jackie-Chan-Linie.«

Hot Dog schnaufte hörbar, und Pepsi korrigierte sich:

»Also die Linie des Schlächters, heißt das. Von da gehen die kleinen Zweige aus – lass mal sehen ... das ist sein erster Sohn, Ableiko, Viehhüter am Hof des Fürsten Jaroslaw ... und das sein zweiter Sohn, Ablaiko, ein Hirte ... und hier ist Ablaikos Sohn, hingerichtet unter Iwan dem Schrecklichen, wegen Kannibalismus ...«

»Wegen was?«

»Er war ein Menschenfresser.«

Pepsi und ich hatten den Film über Doktor Lecter gesehen, daher wusste er, dass es Situationen gibt, in denen ein Mensch einen anderen aufisst, auch wenn massenhaft anderes Essen da ist. Aber von Hot Dog, das heißt von seinen Vorfahren, hatte keiner so etwas erwartet – Hot Dog selbst am allerwenigsten.

»Und der Sohn dieses Kannibalen, Sot Ableikin, hat ein Rezept für Kondensmilch erfunden. Ablaikos

Tochter heiratete den norwegischen Seemann Per Ananiassen, das ist dieser Zweig hier, und hier ist ihr Sohn Jon, ein Walfänger, der wiederum seine Cousine geheiratet hat, Nina Ableikina, und ihr Sohn, Iwan Ananiassen, hat dann die erste Konservenfabrik Russlands gegründet.«

»Wow!« Hot Dogs Laune besserte sich.

»Und was ist mit dem armenischen Zweig?« Wie alle unsere Mädchen interessierte Natascha sich für alles Orientalische, besonders wenn es um Männer ging. Diese Linie in Hot Dogs Abstammung machte sie neugierig – vielleicht würde sie das Feuer ihrer Gefühle, das schon zu erlöschen begann, noch einmal anfachen.

»Wieso armenisch?!« Aus irgendeinem Grund wurde Hot Dog ganz rot.

»Na, Aslanian aus Urartu!«

»Moment, das haben wir gleich.« Pepsi wandte sich dem gegenüberliegenden Ast zu. »Asla-nian … nach dem Untergang von Urartu fand Aslanians Ur-Urenkel eine Stelle als Gärtner am Hof der Fürstin Olga. Der Sohn des Gärtners erbte dann eine beträchtliche Menge Land in der Schwarzerde-Region und begann, Weizen anzubauen, und seine Tochter wiederum heiratete einen Franzosen, einen gewissen Le Boeuf, und machte überall in Zentralrussland Bäckereien mit Croissants und französischem Stangenweißbrot auf. Nach der französischen Invasion 1812 floh der Enkel der beiden nach Österreich-Ungarn, ließ sich an der Grenze zu Transsylvanien nieder und begann dort mit der Produktion des berühmten ungarischen ›Pálinka‹ …«

»Des berühmten was?«, fragte Hot Dog misstrauisch.

»Pálinka, das ist dieser ungarische Honigschnaps.

Einer meiner Bräutigame hat mir mal welchen mitgebracht, aus Budapest, Juschka, so hieß er – der reinste Fusel.«

»Juschka heißt Blut.« Mir fiel ein, dass ich mich als Kind oft mit einem Jungen im Hof geprügelt hatte, dessen Mutter dann gewöhnlich zu meiner kam und sagte: »Ihr Sohn hat meinem Buben die Nase verklopft, er hat Nasenjuschka.« Ich fragte meine Mutter, was Juschka war. Sie antwortete: »Das heißt Blut, auf Ukrainisch.« Die Wörter waren verschieden, aber die Farbe unseres Bluts war dieselbe.

»... Pálinka«, las Pepsi weiter. »Seine Enkelin, Carine Le Boeuf, schloss sich einer Sekte an, die Graf Dracula verehrte, und erklärte sich bald darauf zur Prinzessin der Vampire. Sie griff sowohl Menschen als auch großes Hornvieh an und versetzte über lange Zeit das ganze Grenzgebiet zu Rumänien in Furcht und Schrecken. Nach der Revolution tauchte Carine Le Boeuf in Russland wieder auf, wo sie die erste rote Cognacfabrik leitete.«

»Ein sauberer Stammbaum: Kannibalen, Vampire ... Wie ist daraus je ein Hot Dog hervorgegangen?«

»Hier kommt es: Carines Nichte Wassilina kam nach Abschluss der Gewerbeschule in unsere Stadt, um beim Bau des ersten sowjetischen Atomkraftwerks mitzuarbeiten – das ist Hot Dogs Großmutter.« Pepsi wurde nachdenklich. »Sag mal, hieß deine Großmutter wirklich Wassilina?«

»Ich glaube schon, ich habe sie nie gesehen. Meine Mutter hat ein Foto, da steht hinten Wassilina Mirimskaja drauf ...«

»Aus ihrer Ehe mit einem Artur Jegorow geht die Tochter Nina hervor ...«

»Das ist meine Mutter … Nina, so heißt meine Mutter!« Hot Dog war bewegt.

»Richtig«, setzte Pepsi seine Geschichte fort, »und jetzt wollen wir sehen, woher dein Vater stammt. Der geht aus diesem Ast hier hervor. Also, Iwan Ananiassens Enkel Fjodor, der nach dem Oktober 1917 seinen Namen in Ananjew geändert hatte, lernte Fliesenleger und kam ebenfalls zu uns, um am Atomkraftwerk mitzubauen. Hier heiratet er eine gewisse Faina Chotejewa, nimmt ihren Namen an, und sein Sohn Rodion Chotejew ist niemand anders als Hot Dogs Großvater …«

»Opa Rodja …«, flüsterte Hot Dog.

»Rodions Sohn Denis schließt 1961 die Ehe mit Nina Jegorowa.« An dieser Stelle tippte Pepsi triumphierend mit dem Finger auf die Spitze des Stammbaums. »Siehst du, Hot Dog, ganz oben – das bist du.«

»Ich?«

»Ja, das hier, was wie der Kopf des Baums aussieht, das bist du.«

Pepsi schloss: »Und so, lieber Hot Dog, kam deine Familie mitsamt dir in die Welt!«

Hot Dog freute sich sehr, er hatte viel über sich selbst gelernt, und gleichzeitig begann damit auch sein Altertumstick. Er fing an, alle möglichen Bücher mit Legenden vom Alten Russland zu kaufen, er las sie sogar, und anschließend erzählte er uns, was drinstand. Hot Dog wollte, dass wir unsere Wurzeln nicht vergaßen, daher sein Vorschlag, die Pfeilspitze festzuwickeln, wie unsere Vorfahren es früher gemacht hatten. Zum Wickeln beschlossen wir, eine Strumpfhose von Natascha zu verwenden. Sie hatte eine schwarze dabei, von Omsa, und eine rote von Wolford. Wir liebäugelten natürlich mit der roten, aber Natascha gab sie uns nicht.

»Seid ihr verrückt! Das ist eine Wolford! Die halten ein halbes Jahr ohne Laufmaschen!«

Natürlich wäre rot effektvoller gewesen, aber ... Das Mordwerkzeug war jedenfalls fertig, das Szenario stand und die Rollen waren verteilt, außer Nataschas.

»Ich kümmere mich um euer Alibi ... für alle Fälle ... eine Untersuchung wird es so oder so geben nach dem Mord. Also ich hänge in der Bar ab und lerne irgendwen kennen, und hinterher sage ich, ihr wart auch dabei.«

»Bisschen wackliges Alibi«, wandte Hot Dog als Erster ein, und das bestätigte meinen Verdacht, dass er und Natascha wieder etwas miteinander hatten.

»Nein, hör mal, wir haben ein besseres Alibi – wir haben hier ein Mädel kennengelernt, aus dem Baltikum ...« Natascha warf Hot Dog einen eisenharten Blick zu, aber er bemerkte nicht einmal, dass jemand böse auf ihn wurde, er wickelte gerade die Omsa-Strumpfhose um die Pfeilspitze. »Eine Tänzerin.«

»Na prima!« Natascha ging zum Umziehen ins Bad, was bedeutete, dass sie sehr sauer war, es aber nicht zeigen wollte. »Sprich ruhig weiter, ich höre dich auch von hier.«

»Sie hat ein Problem, sie soll heute auftreten, aber ihre Jungs haben sie im Stich gelassen, und da hat sie uns gefragt, ob wir ihr helfen können. Das wird ein super Alibi, wir geben dem Schiedsrichter eins auf den Deckel, und sofort danach treten wir auf, als Background-Tänzer – wir hopsen ein bisschen rum und zeigen unsere Gesichter, da sitzen eine Menge Leute, die uns sehen ... Dieses Mädel, Ilsa heisst sie, die sagt, was immer wir wollen, die sagt auch, dass wir den ganzen Abend mit ihr verbracht haben!«

Natascha kam in voller Schönheit aus dem Bad, wenn auch nicht mehr ganz so schön wie nach der Dusche. Sie trug einen knappen Bikini, und um die Hüften hatte sie ein durchsichtiges Tuch gebunden. Im Grunde sah Natascha nicht so wahnsinnig toll aus, sie gehörte eher zur Kategorie der ganz Netten, aber gerade die sind ja am aufregendsten – nur eben nicht im Bikini.

»Wann habt ihr die überhaupt kennengelernt?«

»Beim Badehosenkaufen!«

Hot Dog war klasse! Offensichtlich war er auch seinerseits sauer auf Natascha, wahrscheinlich weil sie in der Bar irgendwelche Bekanntschaften schließen wollte, während wir den Schiedsrichter töteten. Jetzt rächte er sich. Und wie raffiniert er das anstellte! Dabei hatten wir gedacht, er würde gerade überhaupt nicht durchblicken.

»Passt bloß auf, ihr Samariter, seht zu, dass ihr nicht reingelegt werdet. Erst recht bei einer Baltin, die haben schon unser ganzes Land reingelegt, da wird sie mit euch nicht lang fackeln.«

Ich sah Natascha an und dachte, wenn wir eines Tages heiraten würden, irgendwann später, wenn sie sich endgültig über ihre Gefühle für Hot Dog und Pepsi im Klaren wäre, wenn wir dann heiraten und langsam alt werden würden – was würden wir dann wohl miteinander machen? Ich meine, was gäbe es noch zwischen uns, außer Gesprächen und häuslichen Sorgen? Überhaupt dachte ich plötzlich, wie leben eigentlich alte Leute? Werde ich mit meiner alt gewordenen Frau Sex haben können, falls ich überhaupt selbst alt werde und dann auch noch eine Frau habe? Wahrscheinlich stellen sich alte Leute dabei vor, sie wären jung, also dass alles so wäre wie in ihrer Jugend – Haare, Brüste, Beine … Klar, sie streicheln sich und sehen sich so, wie sie damals waren, anders kann es gar nicht sein. Was für Erkenntnisse einem doch noch bevorstanden im Leben! Ich sah Natascha an und versuchte, mir jede Einzelheit ihres noch jungen Körpers einzuprägen – vielleicht würde ich sie noch gebrauchen können, diese Erinnerung.

»Mir tun die Kinder leid.« Pepsi brachte uns in voller Fahrt zum Stehen. Auf einen Schlag machte er uns allen die Stimmung kaputt.

»Leid? Sie tun dir leid? Dann geh doch an den Pool, und danach hau ab nach Hause! Ernte zum Herbstanfang Kartoffeln auf der Datscha, pass auf Autos auf und zapf ihnen Benzin ab! Du bist ein würdiges Mitglied unserer bescheuerten Gesellschaft! Du liegst genau auf ihrer Linie! Dieses Problem haben wir alle, unser ganzes Volk: Im unpassendsten Moment sagen wir ›Stopp‹ und machen uns überflüssige Gedanken. Unser Fußball ist so, unser Theater, unser Kino, unsere ganze Kunst. Kaum entschließen wir uns zu irgendwas, kommt auch schon der Rückpass, und wir stehen vor dem eigenen Tor! Kaum gibt es mal eine interessante Einstellung oder ein interessantes Thema in einem Film, schon verwässern wir alles mit den kindischen Selbstzweifeln der Hauptfigur und fangen an, uns zu rechtfertigen! So was will doch keiner sehen! Wir leben doch längst in einer anderen Welt! Man muss nichts mehr erklären! Handlung ist alles, was zählt! Wie in Hollywood! Wenn du anfängst nachzudenken, bist du schon abgehängt. Genau wie unsere ganze russische Kunst und Industrie und euer ganzer beschissener Fußball! Ob wer was damit zu tun hat oder nicht, ist doch egal! Niemand hat was damit zu tun! Dieser Glatzkopf hat einfach falsch gepfiffen – falsch und am falschen Ort! Er hat uns die Laune verdorben! Und jetzt verderben wir seinen Kindern die Laune! Sie haben nichts damit zu tun, und wir haben nichts damit zu tun, und er hat auch nichts damit zu tun! Jeder lebt für sich in diesem leeren Raum, und jeder muss selbst entscheiden, wie er lebt! Wir haben uns entschieden – wem das nicht passt, der kann meinetwegen an den Strand gehen, ein Eis essen und dann wieder nach Hause fliegen!«

»Ich bin einfach ein lebendiger Mensch, und auch wenn ich jemanden umbringe, können mir doch trotzdem seine Kinder leidtun, oder habt ihr was dagegen?« Pepsi war unbehaglich zumute, er versuchte, sich zu rechtfertigen. Jemand anders hätte in solchen Momenten denken können, Unverschämtheit, frecher Kerl, denn in Pepsis Stimme schwang wirklich unüberhörbar ein unverschämter Ton mit. Tatsächlich war er aber einfach eingeschüchtert und wusste nicht, was er sagen sollte, deswegen wirkte er frech.

»Du bist ein Mensch, und ich bin ein Mensch, und das bleiben wir auch, egal was wir tun! Das ist nun mal unser Schicksal, damit müssen wir alle leben, und daran wird sich auch nichts ändern! Also was hindert dich, einfach hinzugehen und diese verdammte Sehne zu spannen, zum Teufel? Die Kinder und die Frau, die gehen mich überhaupt nichts an, und ich sie auch nicht. Es gibt in diesem Moment nur uns und den Schiedsrichter. Erst hat er einen Fehler gemacht, und jetzt bauen wir eben Mist! Die Welt muss im Gleichgewicht bleiben! Wenn Robin Hood vor jedem Schuss nachgedacht hätte, auf wen er da eigentlich schießt, dann hätten wir nie erfahren, wer der gute Robin war!« Mit diesen etwas seltsamen Worten kam ich Natascha zu Hilfe, und sie schenkte mir ein Lächeln, und danach fingen wir alle an zu lachen und tranken die Minibar leer. Wenn jemand einen Roman über unser Abenteuer hätte schreiben wollen, dann wäre ihm diese Szene sicher sehr gelegen gekommen. Es war nämlich genau der Moment, in dem man in das Innenleben der Helden hätte einsteigen können, ihre Selbstzweifel, ihre Reflexionen darüber, was erlaubt ist und was nicht. Oder man hätte zeigen können, wie zynisch wir waren, weil uns die Kinder nicht leidtaten, unsere Psychologie offenlegen. Ja, das war der richtige Moment dafür – aber ich wurde nervös! Denn wenn man all diese Möglichkeiten durchgespielt hätte, die für unsere Literatur so typisch sind, dann wäre das die ödeste Stelle im ganzen Buch gewesen! Wir waren anders, und trotzdem typisch! Jawohl! Wir waren typisch! Nur diese Gesellschaft, über die man bisher Bücher geschrieben und Filme gedreht hatte, die würde es bald nicht mehr geben. Wir waren typische Vertreter derer, die das alles hinwegfegen würden, ohne einen Gedanken an ihren persönlichen Gewinn oder Verlust dabei zu verschwenden. Für uns war das Wichtigste Handlung, nicht Reflexion. Wir wussten, wenn unsere Konturen nun schon mal irgendwie da waren, dann war der Etat für den Comic unseres Lebens auch genehmigt – und dann durfte man nicht mehr bremsen, sonst wurde der Comic nämlich langweilig oder man flog raus aus der Geschichte. Deshalb war ich unheimlich froh, als wir wieder lachten und diesen interessanten Moment, an dem ein ergrauter Träger von Jugendliteraturpreisen sich festgekrallt hätte, einfach hinter uns ließen und vergaßen. Ganz klar, diese Gesellschaft war am Ende – genauer gesagt alle, die noch nicht begriffen hatten, dass sie in einer neuen Gesellschaft lebten, in einer anderen Welt. Die würde es alle bald nicht mehr geben, auch den Schiedsrichter nicht!

»Auch den Schiedsrichter nicht!« Wir tranken unser Dr. Pepper aus und gingen zum Mittagessen. An diesem Tag hatte der Chefkoch Jalal Schlagmichtot ein regelrechtes Volksfest vorbereitet. Anstelle des üblichen Büffets war ein Grill auf der Veranda aufgebaut. Dicke Küchenhilfen boten Fisch, Huhn oder gegrilltes Fleisch an. Jalal persönlich kam in den Speisesaal geschlendert. Sofort brachte ihm jemand Tee, und zwar nicht den üblichen aus der Maschine, sondern richtigen Tee, in einem kleinen geschwungenen Glas. Wir identifizierten Jalal sofort, auf dem Weg zum Restaurant war nämlich eine Art Ehrentafel des Hotels angebracht. Darauf waren alle hiesigen VIPs mit Fotos und Kurzbiografien vertreten. Der Chief war der Farbenprächtigste von allen. Grauer Spitzbart, gelbe Krawatte, blauer Nadelstreifenanzug, breites, braungebranntes Gesicht. Hier im Restaurant trug er eine weiße Schürze, aber keine Kochmütze. Jalal biss kleine Stückchen Würfelzucker ab und schlürfte Tee, und dabei ließ er den Blick über sein Reich schweifen. Ab und zu erhellte ein zufriedenes Lächeln sein Gesicht – mit seinen ausdrucksvollen Falten sah er aus wie ein attraktiver älterer Franzose.

»Meine Güte, ist der zufrieden. Passt auf, gleich nehme ich einen Schluck Milch in den Mund, und dann kreische ich ganz laut, falle vom Stuhl und fange an, weißes Zeug auszuspucken, und ihr schreit: Eine Lebensmittelvergiftung! Eine Lebensmittelvergiftung, der Chefkoch hat jemanden vergiftet! Mal sehen, ob er dann immer noch grinst.« Hot Dog griff schon nach seinem Glas, aber Natascha hielt ihn zurück.

»Wir brauchen keine überflüssige Aufmerksamkeit.« Sie deutete mit dem Kopf Richtung Terrasse, dort saß der Schiedsrichter mit Familie. Schade, Hot Dog konnte hervorragend Extremsituationen spielen. Sehr komisch und sehr überzeugend. Einmal wurden wir in der Schule alle in alphabetischer Reihenfolge zum Zahnarzt bestellt. Das war so ein Programm in der glücklichen Sowjetzeit, damals kamen an alle Schulen Zahnärzte und behandelten die Schüler gratis. Wir konnten diese Besuche überhaupt nicht leiden. An dem Tag, an dem Hot Dog an die Reihe kommen sollte, nahm er in der großen Pause einen Mund voll Kondensmilch und schluckte ihn bis zum Mittag nicht runter. Die Literaturstunde begann. Es klopfte an der Tür, eine Arzthelferin kam herein, um Hot Dog abzuholen. Hot Dog folgte ihr. Aber schon zehn Minuten später war er wieder zurück in der Klasse. Als der kleine Hot Dog im Zahnarztstuhl saß und den Mund aufmachte, war der arme Arzt in Ohnmacht gefallen. Seinem kurzsichtigen Blick bot sich ein schreckliches Bild: Hot Dogs Kehle sah aus wie Spidermans Höhle. Eine andere komische Nummer von Hot Dog war der Anfall der geklonten Ehefrau des Kosmonauten aus *Solaris,* von Andrei Tarkowski. Dabei fiel er auf den Boden, kreischte, verdrehte die Augen und bespuckte die Umstehenden. Das waren so die Späße, die Hot Dog machte. Aber nicht jetzt, Natascha erlaubte es nicht.

»Bald hat dieser Tischtennisball ein Loch!« Pepsi zerlegte seinen Fisch und sah mit zusammengekniffenen Augen zum Schiedsrichter hinüber. In diesem Moment kam Ilsa an unseren Tisch, einen Obstteller und einen Kiwi-Erdbeer-Trinkjoghurt von *Danone* in der Hand.

»Oh, hallo! Euch suche ich gerade – wir kennen uns noch nicht, ich bin Ilse!« Ilsa streckte Natascha die Hand hin.

»Natascha.« Natascha stellte ihr Bierglas, das sie schon zum Trinken angesetzt hatte, zurück auf den Tisch und lächelte. Ich wusste, wie viel dieses Lächeln sie kostete und wie viel es uns kosten würde. Natascha ist sehr rachsüchtig. Sie mag es nicht, wenn sie in einer Runde eine Frau unter mehreren ist. Sie ist es gewohnt, die Einzige zu sein. Also, natürlich hat sie auch Freundinnen, aber unter der Bedingung, dass Männer zu dieser Freundschaft keinen Zutritt haben. Und mit Männern ist sie befreundet, sofern keine andere Frau in der Nähe ist. Ehrlich gesagt, glaube ich, dass Natascha in jeder zwischenmenschlichen Beziehung eigene, für niemand nachvollziehbare Interessen verfolgt. Wahrscheinlich tut sie das auch bei uns, obwohl wir die Einzigen sind, mit denen sie sich auch mal entspannt. Vielleicht kommt mir das aber auch nur so vor.

»Ihre Freunde sind toll, sie haben versprochen, mir aus der Patsche zu helfen!«

»Tja, sie können einfach nicht nein sagen, nichts zu machen!«

»Schmeckt das Bier?«

»Ausgezeichnet!«

»Ich trinke kein Bier … wegen der Hefe … Hefe macht dick und verdirbt den Teint.«

»*Danone*?«

»Ja, *Danone* ist toll!«

»Der wird aber aus Milchpulver gemacht, nicht aus frischer Milch.«

»Umso besser, in der Milch kann alles Mögliche drin sein, Bakterien, Krankheiten und wer weiß was noch, aber Milchpulver ist steril.«

»Stimmt, es macht völlig steril ... es sterilisiert sozusagen ... drei Jahre *Danone,* und mit dem Kinderkriegen ist es vorbei.«

Angespanntes Schweigen auf Ilsas Seite. Es sah so aus, als hätte Natascha gewonnen. Ilsa machte ihre Joghurtflasche auf, nahm ein paar Schlucke, wischte sich mit einer Serviette den Joghurtschnurrbart ab, maß mit ihren schönen grauen Augen Nataschas Bauch und schnurrte:

»Aber andererseits kommt es ja auch vor, dass man gar nichts Böses denkt, und auf einmal – peng! – ist man schwanger, komisch, nicht? Komisch und beängstigend! Dann schon lieber sterilisieren.«

Eine lahme Antwort, Natascha blieb Siegerin, fürs Erste zumindest.

»Hören Sie, ich wollte Sie einladen zu unserem Auftritt heute, kommen Sie vorbei, den Jungs zugucken? Und ihr, meine Lieben, kommt um sieben runter, wir treffen uns im minus ersten Stock.«

»Im minus ersten?«

»Ja, gleich unter dem nullten. Wir proben im Videoraum, aber der Auftritt ist im *Sultan,* das ist das türkische Spezialitätenrestaurant hier, wart ihr da schon?«

»Nein, was ist das für ein Restaurant?«

»Na sagt mal, ihr macht hier Urlaub und kennt das *Sultan* nicht? Man kann dort übrigens auch zum Abendessen hingehen. Man muss nur vorher reservieren.«

»Muss man da bezahlen?«

»Nein, es ist all-inclusive! Dasselbe Prinzip. Nur dass die Küche dort türkisch ist, und es gibt ein Showprogramm und nur ganz wenige Tische – Nationalkolorit eben. Da vorne, der Mann mit dem Notizblock am Eingang, seht ihr den? Bei dem kann man einen Tisch reservieren für heute Abend, wenn noch was frei ist ... Das heißt, Sie sollten das machen, Natascha – die Jungs kommen ja auch so rein, wir tanzen ja dort, nicht wahr?«

»Ja ...« Hot Dog klang nicht sehr überzeugt.

»Mmmm-hm, prima! Okay, jetzt ist es Viertel vor drei, da hat euer ganzes Essen auch noch Zeit, sich zu setzen. Was ist das, Auberginen? Nicht zu salzig?«

Bevor Pepsi antworten konnte, hatte Ilsa schon zwei ihrer an japanische Essstäbchen erinnernden Finger in seinem Teller.

»Sag mal, die sind aber lecker!« Ilsa leckte sich die Finger, verabschiedete sich wortlos von Natascha, zwinkerte uns zu und ging auf die Terrasse.

»So eine Hexe.«

Natascha hatte wahrscheinlich recht. Sie als Frau musste es schließlich wissen.

»Da habt ihr ja eine tolle Bekanntschaft gemacht. Schaut euch mal um, es gibt so viele Leute hier, aber ihr sucht euch ausgerechnet die aus. Wie wollt ihr das eigentlich machen mit dem Tanzen, könnt ihr das etwa?«

Konnten wir natürlich nicht. Ilsa gefiel uns einfach nur allen dreien, und außerdem fanden wir die Idee nicht schlecht, mit ein paar der betuchteren Touristen hier abzuhängen und vielleicht noch irgendwen kennenzulernen – wer wusste schon, wann wir wieder herkommen würden, wahrscheinlich nie. Selbst wenn wir uns beim Tanzen blamierten, wir würden trotzdem einfach Spaß haben mit einem gar nicht unhübschen Mädchen, mit einer, die anders war als alles, was uns seit so langer Zeit umgab.

»Aber das ist doch ein wasserdichtes Alibi!« Ich wusste, dass Natascha nur auf dieses Argument reagieren würde. Aber ich wusste auch, dass Natascha auch unsere anderen Motive durchschaute.

»Alibi ... Wejter, ei nid wan mor glas of bir!«

Natascha konzentrierte sich auf ihr Bier, ich auf mein Huhn vom Grill mit Käsestreifen, Hot Dog auf sein Fladenbrot mit Schinken, Pepsi auf seinen Fisch mit Auberginengemüse. Und Jalal saß immer noch da und schaute zu. Mit unverändert zufriedener Miene. Wahrscheinlich bereitete sein Beruf ihm in diesem Moment aufrichtige Freude. Er hatte gekocht, und alle aßen. Aßen und holten sich Nachschlag. Und kein Gericht blieb unberührt. Alles fand einen Abnehmer, alles war gelungen. Jalal, der Herrscher, frohlockte. Hätte er allerdings Natascha aufmerksamer angeschaut, dann hätte das seine Freude getrübt. Natascha war stinksauer. Nichts von dem, was Jalal da zusammengekocht hatte, schmeckte ihr. Das lag natürlich nicht am Essen, sondern an Natascha selbst. Wir hatten ihr die Laune verdorben, Ilsa hatte ihr die Laune verdorben – oder vielleicht war es auch die genetische Vorbelastung. Im Allgemeinen bemühten wir uns, Natascha nicht zu kränken, ihr Vater war nämlich ein echter Irrer. Ich erinnere mich nicht, dass irgendwer ihn je bei seinem richtigen Namen gerufen hätte, selbst wir, Nataschas Freunde, nannten ihn Rasny, den Anderen. Das war sein Spitzname, er war nämlich wirklich jeden

Tag anders. Im Grunde störte es weiter keinen, dass er verrückt war. Für uns war das einfach nur eine ... eine seltsame Eigenheit dieses Menschen – immer wieder anders zu sein. Zu bestimmten Zeiten war er grob, zu anderen sanft, einmal wollte er sogar eine Frau werden, dann wieder ein kleiner Junge, aber letztlich war es erst seine Idee, die Weltwirtschaft unterwandern zu wollen, die dann ... die für seine Familie ernsthaft den Ausschlag gab, ihn in die Klapse zu stecken. Die Sache war nämlich die, dass Rasny angefangen hatte, allerlei Essen zu kochen, es in den Supermarkt zu bringen und heimlich neben die legalen Waren ins Regal zu stellen. Hauptsächlich buk er Torten. Er nahm zum Beispiel in der Konditoreiabteilung des Supermarkts eine staatlich produzierte Honigcremetorte aus ihrem Karton und legte sein eigenes, selbstgebackenes Erzeugnis hinein. Dann stellte er sich hin und wartete. Die Kunden bei uns waren nicht besonders wählerisch, und sie vertrauten ihrem angestammten Supermarkt, deshalb kauften sie alles, was im Regal lag. Rasny triumphierte. Er glaubte, da seine Produkte in einem echten Laden verkauft wurden, würde er jetzt den großen Lebensmittelkonzernen Konkurrenz machen. Neben seinen Torten stellte er auch Käse, eingelegtes Gemüse und Konfekt her. Auch das kauften die Leute. Erwischt wurde er schließlich beim Eis. Eis ist ein gefährliches Lebensmittel, es hält sich nicht lange. Rasny hatte gerade seine Produkte in einem *Nestlé*-Gefrierfach abgeworfen, da kam ein Mann vom Wachschutz angerannt. Das war kurz nach den Terroranschlägen in New York. Alle Welt stand damals unter Hochspannung. Auch der Wachschutz im einzigen Supermarkt unserer Stadt. Und das erste Opfer dieser weltweiten Hochspannung war Rasny. Es gab nur zwei Alternativen für ihn: Entweder kam er ins Gefängnis, wegen eines möglicherweise versuchten Terroranschlags, oder ins Irrenhaus, wegen Unterwanderung der Weltwirtschaft. Seine Familie wählte Letzteres. Nataschas Vater wurde endlich offiziell für verrückt erklärt und machte eine Therapie. Später, nach Abschluss der Therapie, kam er oft in diesen Supermarkt, fuhr in den ersten Stock, kaufte sich einen Kaffee und beobachtete von oben die Kundschaft. Ich glaube, er arbeitete an einer Strategie: Für welche Lebensmittel war die Nachfrage am größten und was sollte er herstellen? Konkrete Schritte unternahm er allerdings nicht mehr, die Medikamente taten offenbar ihre Wirkung. Ja, und da dieses Verhalten durchaus auch bei seiner Tochter gewisse Auswirkungen haben konnte, versuchten wir, Nataschas Nerven nach Möglichkeit nicht zu strapazieren, auch wenn inzwischen bewiesen ist, dass der Mensch seine Nerven vor allem selbst strapaziert. Es gibt trotzdem Leute, die einfach nervös veranlagt sind. Und zu denen gehörte Natascha. Hundertprozentig!

»Sollen wir vielleicht irgendwas ausleihen?« Pepsi hatte beschlossen, über Freizeitthemen zu sprechen, damit wir uns alle entspannten. »Wir könnten eine Runde Wasserscooter fahren oder Fallschirm fliegen.«

»Wieso fliegen ... vom Himmel zur Erde, das nennt man springen, nicht fliegen.« Natascha beruhigte sich langsam wieder. Gut gemacht, Pepsi.

»Nein, der Fallschirm wird an einem Boot festgebunden, und wenn das schnell fährt, fliegt man sozusagen hinter dem Boot her, sieht geil aus, das kann man hier machen, ich habe schon Leute gesehen, wollen wir?«

»Ich gehe aufs Zimmer, Satellitenfernsehen gucken.«

Natascha fing an zu lachen. Hot Dog wurde rot. Allen war klar, was er gucken wollte.

»Das wirkliche Leben ist viel interessanter, Hot Dog.« Natascha bestellte noch ein Bier. Ich ging Nachtisch holen.

»Nein, Natascha ...« Aha, kleine Kuchen in Fruchtsirup, ausgezeichnet. »... das wirkliche Leben ist längst nicht so interessant ...« Mmh, ein Kaffeetörtchen. »Bibliothekarinnen stürzen sich nicht auf Bibliotheksbesucher ...« Ein Stückchen Grießkuchen. »Postboten tragen hässliche Unterwäsche ...« Eine Art Baiser, mal probieren. »... und für unsere Lehrer sind wir nur Schüler, oder wahlweise der letzte Dreck, aber jedenfalls keine potenziellen Sexualpartner. Nein, Natascha, Pay-TV für Erwachsene ist viel interessanter als die Wirklichkeit. Hot Dog hat die richtige Wahl getroffen.«

»Bringst du mir einen Tee mit?« Ich stellte die Desserts auf dem Tisch ab und ging Tee holen für Natascha und mich. Vielleicht sollte ich mich auch im Zimmer einschließen und fernsehen? Nein. Ich musste mit diesem Zustand irgendwie klarkommen, das hatte ich vor langer Zeit schon beschlossen. Notfalls würde ich vor dem Einschlafen noch in Retiks Buch blättern, aber jetzt wollte ich mit Pepsi eine Runde drehen.

»Ich komme mit, Pepsi!« Ich stellte Natascha ihren Tee hin. »Eine Runde Fallschirm? Oder Wassermotorrad?«

»Oder Wassermotorrad!«

»Ich komme auch mit!« Natascha hatte meine Törtchen verputzt und lächelte. Immerhin. Wir fanden wieder eine gemeinsame Sprache, wir hatten sie ja auch nicht wirklich verloren. Es gibt einfach manchmal solche angespannten Situationen, aber das kommt eben vor, wenn man zusammenlebt. Hot Dog trank seinen Kaffee aus und ging aufs Zimmer. Wir drei gingen an den Strand und suchten den Boots- und Fallschirmverleih. Er lag am Wasser, gleich bei dem Tor, wo unser Hotelgelände endete und ein anderes begann. Das Nachbarhotel hatte die Form eines riesigen Dampfers. Unser Hotel – wir konnten es erst jetzt richtig sehen – wies dagegen keine architektonischen Besonderheiten auf. Es war einfach ein Hochhaus. Na wie auch immer, wir brauchten einen Fallschirm und ein Wassermotorrad, richtig?

»Richtig.«

»Und für dich, Natascha?«

»Ich fahre mit dir.«

»Okay, und welches nehme ich?« Ich musste mich für ein Fahrzeug entscheiden. Englischkenntnisse waren nicht vonnöten, wir zeigten einfach mit den Fingern und hielten unsere magische Kard hin. Meine Wahl fiel auf ein WetBike. Pepsi entschied sich für den Fallschirm. Natascha stieg hinten bei mir auf und wir fuhren los. Erst ganz langsam.

»Fahr nicht so schnell, okay? Mir ist ein bisschen komisch.«

Ich fahre selber nicht gerne schnell. Bei hoher Geschwindigkeit verlieren meine Rippen ihr Gewicht, und dann habe ich das Gefühl, als hätte ich keine Knochen im Leib, als wäre ich aus Luft – sehr unangenehm und seltsam fühlt sich das an. Wir durchpflügten also das Mittelmeer und betrachteten die Umgebung. Eine ruhige, romantische Motorradfahrt auf dem Wasser.

Rechts von uns brachte ein türkischer Papa seinen zwei kleinen Söhnen das Schwimmen bei. Alle drei trugen aus irgendeinem Grund weite Hosen anstatt Badehosen, wie man sie normalerweise im Wasser anhat.

»Das sind spezielle Hosen zum Schwimmen.«

»Was meinst du?«

»Schwimmhosen, das ist jetzt das Neueste. Schau dich doch mal um, was für Völker hier an den Küsten siedeln, die können nicht einfach vor allen Leuten in Badehosen rumlaufen so wie wir. Und weil die aber neuerdings auch Geld in der Tasche haben, hat die Industrie sich ein bisschen was einfallen lassen – bald werden sie auch eine wasserdichte Burka auf den Markt bringen.«

Der türkische Papa zog seine Kinder weiter aufs Meer hinaus, wartete die nächste Welle ab und schmiss sie ins Wasser. Diese Methode kannte ich. Meine Mutter hatte mir bei uns zu Hause im See so das Schwimmen beizubringen versucht. Alles, was für mich dabei herausgekommen ist, war eine Wasserphobie. Deshalb trug ich jetzt eine Schwimmweste. Eine gelbe. Natascha hatte auch eine an, sie konnte zwar schwimmen, aber die Türken hatten darauf bestanden – laut Sicherheitsvorschriften war das hier Pflicht. Die Kinder schluckten Wasser und schrien. Wir setzten unsere Fahrt fort.

»Hör mal, soll ich dich nicht in meiner Firma anstellen, ich bringe dir ein bisschen Englisch bei ... Was bringt dir denn dieser Job im Kraftwerk?«

»Den richtigen Lebensstil.«

»Und das Geld? Denkst du eigentlich überhaupt nicht an die Zukunft?«

»Doch.« Ich fange in der Gegenwart an zu denken,

und in der Zukunft höre ich wieder auf. Ich denke überhaupt zu viel, oder vielmehr, nein, ich denke nicht, ich erinnere mich. Das macht man normalerweise im Alter. Jedenfalls ist das so ein Klischeebild von alten Leuten. Ein alter Mensch, das ist einer, der einen dauernd damit anödet, wie alles Mögliche irgendwann früher bei ihm gewesen ist. Wenn ich etwas sehe oder empfinde, überlege ich sofort, wie ich dasselbe früher empfunden habe, oder ob ich schon mal was gesehen habe, das so ähnlich war – oder mir kommt einfach von selbst irgendwas in den Sinn, allerdings nur etwas, was mir keine Probleme macht, was mich irgendwie beruhigt und meine Wunden heilt. Wahrscheinlich ist das eine Art Selbstschutz meines Körpers ... ein Glück, ich hatte mir schon Sorgen gemacht, weil mein Hirn ständig unkontrolliert irgendwelches Zeug produziert ... dabei ist das wahrscheinlich sogar ganz gut so, bestimmt ist das gut ...

»Ich will mein eigenes Geschäft aufziehen.«

»Was für eins denn?«

»Ein illegales.«

»Na was du nicht sagst, bei uns ist doch jedes Geschäft illegal! Also, was willst du machen?«

»Was mit Kaviar.«

»Schon wieder! Mit was denn für einem Kaviar?!«

»Mit schwarzem.«

»Und woher nimmst du den?«

»Ich habe da so eine Quelle ...«

»Und wer soll ihn kaufen? Kaviar kriegt man doch in jedem Laden bei uns, kein Mensch will ihn haben.«

»Im Laden ist er teuer, ich verkaufe ihn billiger.«

»An wen?«

»Na ja, dafür brauche ich natürlich eine bestimmte ... Klientel ... deine ›Bräute‹ zum Beispiel, und vielleicht hilft mir ja noch irgendwer ... Für den Anfang kann ich von Haus zu Haus gehen, wie diese Leute, die vor den Wahlen Unterschriften sammeln, so laufe ich dann mit meinem Kaviar herum. Ich verteile gratis Geschmacksproben, überhaupt fixe ich die Leute erst mal an mit meinem Produkt, und später brauche ich dann nirgendwo mehr hinzugehen, die Kunden kommen selbst zu mir, und ihren Freunden erzählen sie auch von mir, dann muss ich mich vergrößern ...«

»Aber Kaviar ist doch keine Droge, wen willst du denn damit anfixen?«

»Jedes Lebensmittel ist eine Droge. Du zum Beispiel trinkst Bier, irgendwann hat dich mal jemand damit angefixt, und jetzt kannst du nicht mehr darauf verzichten, und so ist es mit allem: mit Fleisch, mit Kaffee, mit Bonbons ...«

Natascha war es unangenehm, dass ich von Lebensmitteln redete, anscheinend erinnerte sie das an Rasny. Schroff fiel sie mir ins Wort:

»Gib mal ein bisschen Gas!«

»Dann können wir uns aber nicht mehr unterhalten.«

»Umso besser. Dieses Gedümpel ist doch langweilig, immerhin ist das ein Motorrad!«

Ich gab Gas. Sofort rasten wir los. Wir nahmen nicht allmählich Fahrt auf, sondern rasten wirklich auf einen Schlag los. Wir holten das Boot ein, an dem der Fallschirm mit Pepsi hing. Wir winkten ihm zu, aber er schaute nicht nach unten, mir kam es so vor, als würde er die ganze Zeit mit geschlossenen Augen fliegen. Wir brausten weiter. Wir folgten der Küstenlinie, aus irgendeinem Grund nahm ich an, dass man das so machen müsste. Doch das erwies sich als nicht ganz richtig. Dauernd stießen wir auf Schwimmer, die erst so vor sich hin schwammen, aber, wenn sie unseren Motor heulen hörten, innehielten und uns etwas zuriefen. Sie störten mich sehr. Es war ja das erste Mal, dass ich ein Wassermotorrad fuhr, und ich hatte nicht vorgehabt, gleich beim ersten Mal auch das Umfahren lebender Hindernisse zu lernen. Das war eine große Verantwortung. Bis jetzt hatte ich es aber geschafft. Da sah ich, wie weiter vorne aus dem Wasser eine Glatze auftauchte, eine nasse Glatze, so was Scheußliches, eine irgendwie vertraute Glatze, wo hatte ich die nur schon mal gesehen ...? Natascha boxte gegen meine Schulter. Na klar. Das war unser Schiedsrichter. Er schwamm im Meer. Wozu sollte er auch sonst ans Meer fahren? Alles ganz natürlich. Wir näherten uns mit sehr hoher Geschwindigkeit seinem Kopf. Ich war offenbar so in Gedanken versunken, dass ich gar keine Angst hatte. Meine Rippen hatten ein Gewicht, mein Herz schlug völlig normal. Auch damit konnte man also irgendwie klarkommen, wenn man an etwas anderes dachte. Im Augenblick dachte ich nur an den Schiedsrichter. Genauer gesagt daran, dass, wenn ich nur noch etwas mehr Gas gab und dieses glatzköpfige Hindernis nicht umfuhr, auf einen Schlag alles erledigt wäre. Alles, weswegen wir hier waren, alles, was uns bewegte und uns im Moment so eng aneinanderband. Alles wäre erledigt. Ich gab Gas, Natascha schlug noch heftiger auf meine Schulter ein. Was wollte sie? Dass ich ihn überfuhr, oder dass ich es nicht tat? Leider konnte ich das im Moment auf keine Weise in Erfahrung bringen. Selbst wenn sie geschrien hätte, hätte ich wegen des Motorlärms nichts gehört. Das wusste sie so gut wie ich. Deshalb haute sie mir weiter stumm auf die Schulter, während ich weiterfuhr und der Kopf weiterschwamm. Wenn der Schiedsrichter die Gefahr wenigstens bemerkt hätte und untergetaucht oder im Zickzack geschwommen wäre, sodass ich es schwerer gehabt hätte, ihn zu überfahren! Aber nein, es war, als würde sein Kopf mich anstacheln, mich rufen, mich auffordern, ihn mit meinem Motorrad in zwei Hälften zu spalten. Doch es gab zu viele Zeugen, und wir hatten alle schon zu viel investiert, als dass ich jetzt einfach hingehen und das ganze Unternehmen allein zu Ende bringen konnte statt mit den anderen zusammen – nur ich, ganz allein –, nein, die Verantwortung war zu groß. Ich riss das Steuer herum, und wir schossen aufs offene Meer hinaus, weg von dem verfluchten Kopf. Natascha hörte auf, auf mich einzuprügeln, sie saß wieder ruhig hinter mir. Also war sie zufrieden mit meiner Entscheidung. Wieso eigentlich, hatte es sie etwa auch erschreckt, dass alles sich so einfach erledigen könnte? Wer hätte das gedacht? Aber so ist es immer im Leben, egal wie schwer eine Aufgabe ist, plötzlich und unverhofft taucht von irgendwo eine ganz banale, simple Lösung auf. Aber warum hatte Natascha ... oder hatte sie mir doch deshalb auf den Arm gehauen, weil sie wollte, dass ich ihn überfuhr? Ich hielt das Motorrad an. Vor uns Meer, rechts Meer, hinten links, ganz weit weg, ein schmaler Uferstreifen. Wir hätten darüber reden können, was gerade passiert war, aber ich beugte mich einfach zu Natascha und küsste sie. Es war unbequem, sich so zu verrenken, also rückte ich von ihr weg, drehte mich so, dass ich mit dem Gesicht zu ihr saß, und küsste sie noch einmal. Natascha roch nach Meer, oder vielleicht roch nicht sie, sondern es roch überhaupt nach Meer, wahrscheinlich auch an mir. Klasse. Ein ausgezeichneter Platz war das hier für so was. Seltsam, sonst wirkte Natascha ein bisschen pummelig, aber jetzt, in ihrem knappen Bikini, war sie genau richtig ... das heißt ... ich weiß nicht ... alles an ihr kam mir genau richtig vor, die Brüste, der Bauch, alles. Sehr angenehm war das. Ich legte die Arme um Natascha, ihr Tuch hatte sie offenbar verloren, denn als ich ihr über die Hüften strich, spürte ich nichts davon. Ah, vielleicht hatte sie es in dem Moment verloren, als ich das Steuer herumriss, um dem Schiedsrichter auszuweichen – es war weggeflogen und auf dem Kopf des Schiedsrichters gelandet. Vielleicht fing sie aber auch genau in dem Moment, als das Tuch wegflog, an, mir auf die Schulter zu klopfen, und sie hatte den Schiedsrichter gar nicht bemerkt. Sie wollte nur ihr Tuch aus dem Wasser fischen, sie wollte, dass ich anhielt. Zum Glück hatte ich das nicht getan, und zum Glück hatte ich abgedreht, statt den Schiedsrichter zu töten, sonst wären wir jetzt nicht dort, wo wir waren. Ich küsste Natascha und überlegte, was dann? Sollte ich so weitermachen, oder vielmehr das Ganze steigern und zur Hauptsache kommen? Das Motorrad war klein. Und schwimmen konnte ich nicht, hatte aber eine Schwimmweste. So, jetzt muss ich ihr mal die Schwimmweste ausziehen ... und mir auch ... aber was, wenn ich ins Wasser falle? Besser, ich lasse sie an ... Was für angenehme Brüste Natascha hat, kleine, unaufdringliche Brüste. Wahrscheinlich hätte sie gern größere. Ich könnte ihr welche schenken. Wahrscheinlich werden solche Geschenke in Zukunft durchaus möglich sein. Das heißt, möglich sind sie jetzt auch schon, nur nicht als Geschenk, dafür läuft das Ganze nicht entspannt genug ab. Aber in Zukunft wird man so was wirklich verschenken können. Als Überraschung. Natascha geht am Abend schlafen, und am nächsten Morgen wacht sie auf und hat große Brüste. Ich bestelle die richtige Größe für sie und bezahle alles, ohne dass sie etwas davon erfährt. Sie muss sich überhaupt nicht damit herumquälen, überlegen, soll-ich-soll-ich-nicht, werden die Implantate auch nicht abgestoßen, und wie wird das überhaupt aussehen ... Alles passiert über Nacht. Während sie schläft. Und am Morgen wird Natascha lange im Spiegel ihre neuen Brüste betrachten, und ich werde sagen: »Herzlichen Glückwunsch zum Geburtstag!«, oder: »Frohe Weihnachten!«, je nachdem, zu welchem Anlass ich ihr die neuen Brüste schenke.

»Lass uns weiterfahren!«

Ich machte die Augen auf. Natascha sah mich an und lächelte. Ich lächelte zurück, drehte mich um und fuhr los. Wir hatten uns einfach nur geküsst. Einfach nur geküsst? Und was bedeutete das? Gar nichts, genau wie alles andere übrigens, was zwischen uns passiert war oder noch passieren würde. Es bedeutete nichts, solange nicht einer von uns beschloss, ihm eine Bedeutung zu geben. Ich wollte das erst mal nicht. Natascha offenbar auch nicht. Der Rückweg verlief problemlos, klare Sache, wir fuhren ohne weitere Abenteuer bis zum Ufer und gaben das Motorrad und die Schwimmwesten zurück.

»Wo steckt denn Pepsi?«

Offenbar steckte Pepsi wirklich noch irgendwo, sonst hätte er hier auf uns gewartet, und nicht wir auf ihn. Aber ehrlich gesagt interessierte Pepsi mich im Augenblick am allerwenigsten. Es roch nämlich auch am

Strand nach Meer und damit nach Natascha. Ich fing an zu überlegen: Wann hatten wir uns schon einmal so geküsst? Geküsst ist gut. Es hatte eine Zeit gegeben, da waren wir ein richtiges Paar, im ersten Jahr an der Fachschule. Na ja, also zusammen gewohnt hatten wir nicht – ich kam zu ihr oder sie kam zu mir. Irgendwann hörten wir damit dann wieder auf. Geküsst … einmal hatten wir uns an Silvester geküsst, auf einer Party bei Pepsi. Alle waren mit dem Feuerwerk beschäftigt, Hot Dog hatte bei den Chinesen schwarz importierte Böller gekauft, und da es draußen kalt war, beschlossen wir, sie in der Wohnung zu zünden, wir legten sie auf dem Tisch aus und brannten sie ab. Damals kam es mir so vor, als würde Natascha nach Lagerfeuer und Tannenzweigen riechen, weil alles um uns herum nach Lagerfeuer und Tannenzweigen roch.

Jetzt war Pepsi gelandet. Schon bei seinem Anflug, als er noch in der Luft war, fiel mir auf, dass er zitterte. Das hieß, dass er schlecht drauf war. Wahrscheinlich aus Angst, und außerdem hatte er natürlich auch geraucht – wenn Hot Dog geraucht hatte, hatte er ihn bestimmt auch mal ziehen lassen. Die alten Probleme. Pepsis Landung war traumhaft. Die Türken hatten ihre eigene Technik dafür: Wenn das Boot sich dem Ufer näherte und der Fallschirm aufs Wasser zu sinken begann, aber noch nicht ganz, nur ein bisschen, kletterte einer von den jüngeren, beweglicheren Türken auf das Dach des Häuschens an der Anlegestelle, sprang nach oben und versuchte, die Füße des Fallschirmspringers zu packen. Wenn das gelang, landete er wohlbehalten im Wasser. Ausgerechnet bei Pepsi ging der erste Sprung daneben. Der türkische Gummimensch hatte falsch gezielt, er stieß mit dem Kopf gegen Pepsis Füße und fiel ins Wasser. Pepsi hing immer noch in der Luft. Der Türke kam aus dem Wasser, rannte wieder zu dem Häuschen, kletterte über eine Leiter aufs Dach und sprang, und diesmal lief alles, wie es laufen sollte. Pepsi fiel mit dem Türken zusammen ins Wasser. Sofort nahmen sie ihm den Fallschirm ab und entließen ihn zu seinen Angehörigen. Natascha und ich gingen mit ihm in die Sofa-Bar, um ihm Cognac einzuflößen. Ich setzte mich nicht hin, ich wusste ja noch, womit diese Sofas verschmiert sein konnten, Pepsi dagegen war im Moment alles egal, und Natascha wusste nicht, was an diesen Polstern alles dran war, deshalb machte sie es sich auf europäische Manier lässig, aber kultiviert mit angezogenen Beinen auf einem davon bequem und trank einen Cognac mit Pepsi. Ich holte einen Barhocker und setzte mich neben sie. Auf diese Weise schaute ich sozusagen auf sie herab. Na egal, wenigstens war ich mir bei dem Hocker ganz sicher – er war noch kleiner als der Sattel des Wassermotorrads.

»Wieder dasselbe ... ich dachte, in so einem Urlaubsort, mit der Sonne und dem anderen Klima, da komme ich nicht schlecht drauf ... dachte ich ... Am Meer wird jeder gesund, heißt es doch immer!«

»Jeder Körper ist anders, Pepsi. Auf dich wirkt die Sonne anscheinend anders, und außerdem sind wir erst den zweiten Tag hier, du musst dich erst noch akklimatisieren. Warte ein bisschen, und dann versuchst du es nochmal!«

»Meinst du? Danke.«

Natascha bemühte sich, Pepsi zu beruhigen. Irgendwie ging es ihm sehr nahe, dass er in der Luft wieder Angst bekommen hatte.

»Vor allem, ich habe ja gerufen. Aber die? Null Aufmerksamkeit. Da kann man doch mal reagieren, wenn es jemandem nicht gut geht!«

»Das ist denen doch egal.« Ich konnte mich nicht beherrschen, ich musste mich einschalten. »Die werden dafür bezahlt, dass sie dich in die Luft schießen und dann nach zwanzig Minuten wieder runterholen. Alles andere liegt außerhalb ihrer Kompetenz. So läuft das hier, was glaubst du denn, warum haben wir in der Schule wohl gelernt, dass es in einer Welt, in der man für Geld alles kaufen kann, keinen Platz für Gefühle gibt? Bitte, schau dich doch mal um.«

Pepsi drehte sich um. Alles war genau so, wie ich gesagt hatte. Die Pärchen saßen an Tischen und studierten angestrengt die Speisekarte, die Alleinstehenden spazierten herum und studierten angestrengt die Pärchen, die die Speisekarte studierten, und der Rest ging entweder gerade ins Wasser oder kam gerade aus dem Wasser. Alles konnte man kaufen, und kein Gefühl weit und breit! Außer bei uns, und vielleicht noch irgendwo auf den Zimmern. Das konnten wir bloß von unserem Platz aus nicht sehen. Dabei war ein Hotel doch ein Ort, wo Herzen brechen. Die Afroamerikanerin Whitney Houston hatte ganz recht mit ihrem Song – »Hart brejk hotel«, so hieß er. Ich kannte auch den Clip, darin ging sie an einen Strand, genau so einen wie bei uns hier, und warf ihren weißen Nerz in die schäumenden Wellen. Ja, recht hatte sie, und so war es in allen Touristenhotels – irgendwer lud irgendwen ein, mit ihm Urlaub zu machen, und irgendwer anders fuhr mit, weil irgendwer für ihn zahlte. Und dann brachen die Herzen. Wo blieben da die Gefühle?

»Wisst ihr, an was ich gedacht habe, um mich abzulenken?«

Oha, Pepsi bediente sich derselben Technik wie ich. Und ich hatte geglaubt, ich sei der Einzige.

»Woran hast du denn gedacht, Pepsi?«

»Wir könnten doch, falls das heute Abend nicht total in die Hosen geht, mal mit Ilsa reden, vielleicht können wir auch weiter mit ihr zusammenarbeiten. Sie ist ein nettes Mädchen, wir könnten mit ihr rumfahren, du warst doch damals in diesem Theaterkurs, Natascha, da habt ihr doch auch tanzen gelernt …«

»Choreografie.«

»Na bitte, also du kannst unser Hauptact sein, außerdem bist du eine Frau – nein, im Ernst, wir könnten echt Geld verdienen, was sollen wir denn zu Hause?«

»Du willst also emigrieren?« Ich fragte sehr ernst, und Pepsi wurde es etwas unheimlich.

»Wie, was meinst du?«

»Na, eben dein Land verlassen. Du willst hier durch die Hotels ziehen, dich entblößen und davon leben.«

»Na ja, vielleicht auch nicht nur davon … Und wenn wir genug Kohle zusammenhaben, fahren wir wieder zurück.«

»Genug Kohle … Hot Dog und du, ihr macht mit Benzinabzapfen schneller Kohle als mit eurem nackten Körper, und Natascha ist eine ernstzunehmende Person, ein Firmenoberhaupt. Wozu brauchst du überhaupt Geld? Wenn es deine Bestimmung wäre, zu arbeiten und Geld zu verdienen, dann würdest du das längst tun, aber deine Mission auf dieser Welt ist eine andere, Pepsi. Hast du das immer noch nicht begriffen?«

»Und zwar?«

»Das weiß ich nicht, ich bin doch kein Hellseher. Das ist eine Frage, auf die jeder selbst eine Antwort suchen muss, alleine, ohne dass ihm jemand anders etwas vorsagt, aber mit dem Dissident-Werden würde ich mir an deiner Stelle Zeit lassen. Die haben das hinterher alle bereut und wollten zurück ... und da waren noch ganz andere Tänzer dabei als du.«

»Ich verstehe schon ... für Natascha ist das zu unsolide ... und dann die Heimat ... aber dafür gibt es hier Sonne und Meer, das ist doch allein schon was wert – zu Hause würden wir dafür Geld bezahlen, und hier liegt es einfach so rum ... Warum kann das nicht unsere Heimat sein, Sonne und Meer?«

Ich ließ Pepsi und Natascha allein und ging an den Tresen.

»Bejlis, plis.« Ich hielt meine Karte hin und wartete auf mein Getränk. Gleich darauf stand Natascha neben mir. Anscheinend hielt sie Pepsis Gequengel auch nicht mehr aus. Es war alles gar nicht so einfach.

»Hör mal, mir ist irgendwie komisch. Ich gehe aufs Zimmer ... mir ist ernsthaft schlecht ...«

Natascha lächelte mir zu und ging.

Sie war wirklich ziemlich blass, wovon war ihr denn schlecht, seltsam. Der Kellner stellte mir meinen Bailey's hin, ich ging zu Pepsi zurück.

»Natascha ist aufs Zimmer gegangen.«

»Ja, ich weiß.«

»Ihr ist schlecht geworden ... vielleicht von der Geschwindigkeit ... bist du schnell gefahren?«

»Ja, Pepsi, bin ich, aber davon wird einem nicht schlecht.«

»Was denkst du denn?«

»Vielleicht ist es das Bier.«

»Nein, ich meine, zu unserer Tanzerei.«

»Wir können es ja heute mal versuchen und dann entscheiden. Wer weiß, vielleicht geht es voll daneben. Aber eigentlich hast du dir das ausgedacht, um dich abzulenken, als du da oben in der Luft warst – jetzt bist du wieder auf dem Boden, also denk mal wieder an was anderes.«

Anscheinend hatte Pepsi solche Angst gehabt beim Fliegen, dass er sich vor Schreck tatsächlich auf den abendlichen Auftritt eingestimmt hatte, jetzt war er ernsthaft bereit zu tanzen. Aber ich dachte jetzt nicht ans Tanzen. Ich dachte an Natascha, vielleicht hatte sie einen Vorwand gesucht, um zu Hot Dog zu gehen … und ich hatte geglaubt … oder war ich nur paranoid? Aber was ging mich das überhaupt an, was war eigentlich los mit mir – als wäre es das erste Mal, dass ich sie küsse, und sie geht weg. Ich trank meinen Bailey's in einem Zug aus und beschloss nachzusehen, die Paranoia würde so oder so vorbeigehen, wenn ich einfach selbst nachsah.

»Wo willst du hin?«

»Ich gehe aufs Zimmer.«

»Wir waren doch noch gar nicht fertig.«

»Wir können später weiterreden.«

»Später ist es vielleicht zu spät.«

»Aber nein, so ein Quatsch.«

»Na ja … Aber wenn wir gefasst werden? Nach hiesigem Recht können die uns einfach hinrichten … wegen Mord …«

»Geil!«

»Was ist daran geil?«

»Also wenn das so ganz offiziell wäre, so, dass es überall in den Nachrichten kommt … das wäre doch geil … nur schade, dass sie die Hinrichtung selber nicht im Fernsehen zeigen dürfen ... obwohl, wenn es nach ein Uhr nachts ist ...«

»Besten Dank, ich habe trotzdem was dagegen ...«

»Na, dann wird eben alles gut, mach dir keine Gedanken, wir werden schon nicht geschnappt, Natascha hat an alles gedacht.«

»Ja, ja ...«

Pepsi blieb in der Bar, und ich ging nach oben aufs Zimmer. Als ich vor der Tür stand, war ich glatt ein bisschen aufgeregt. Ich hätte natürlich auch gleich zu Hot Dog gehen und dort quasi zufällig auf die beiden stoßen können, aber ich fand, das hätte zu doof ausgesehen, also ging ich zu uns. Nein, das ist keine Aufregung, das ist nur, weil ich nicht den Aufzug genommen habe, deshalb scheint es so, als wäre ich aufgeregt, in Wirklichkeit bin ich einfach außer Atem ... Aber Natascha war ja da! Aus dem Badezimmer hörte ich Wasserrauschen und andere, unangenehme Geräusche – ihr war tatsächlich schlecht. Ich war erleichtert. Nicht weil ihr schlecht war natürlich, sondern weil sie im Bad war, in unserem Zimmer, und nicht irgendwo anders. Und wenn ihr nicht schlecht wäre, wo wäre sie dann jetzt? Ach was, wozu darüber nachdenken, überall könnte sie sein. Jetzt ist ihr jedenfalls schlecht, und die Realität sieht so aus, dass sie hier ist, also werden wir uns auch dieser Realität entsprechend verhalten.

»Natascha!«

»... ja ...«

»Alles in Ordnung?«

»... alles bestens! ...«

Unmittelbar vor und nach ihrer Antwort gab Natascha ganz schreckliche Laute von sich. Ich beschloss, sie nicht nervös zu machen, und ging auf den Balkon.

Plötzlich wurde Natascha still. Ich lauschte – sie war wirklich still. Die Badezimmertür ging auf und eine bleiche, erschöpfte Natascha taumelte heraus und ließ sich aufs Bett fallen. Sie vergrub sofort den Kopf im Kopfkissen und rollte sich zusammen.

»Wie fühlst du dich?«

»Ich muss mich ein bisschen ausruhen ... alles okay ... ich verstehe nur nicht, woher das kommt ...«

Ich sah nach unten – alle Welt entspannte sich, trank, lag in der Sonne, gab Badetücher ab, nahm Badetücher in Empfang. Langweilig. Ich schloss die Balkontür.

»Lass lieber offen, es soll ruhig ein bisschen ziehen.«

Ich machte die Tür wieder auf, trat ins Zimmer und setzte mich zu Natascha.

»Erzähl mir eine Geschichte.«

»Eine Geschichte?«

»Ja, weißt du nicht mehr, du hast mir immer Geschichten erzählt, ganz früher ... am Telefon.«

Das stimmte, als wir noch zusammen waren, hatten wir oft lange telefoniert, wie Pärchen es eben so tun. Wir trennten uns nie für lange, aber wir telefonierten trotzdem. Sie war bei sich zu Hause, ich bei mir, einer von uns wählte die Nummer des anderen, und wir redeten, zwei, drei Stunden lang. Damals hatte ich diese Idee gehabt: Wenn wir vor dem Schlafengehen telefonierten, endete das Gespräch mit einer Gutenachtgeschichte von mir. Die Geschichten dachte ich mir spontan aus. Aus irgendeinem Grund fiel mir das nicht schwer.

»Also gut, hör zu. Es war einmal ein Polizist. Er hieß Graham. Graham arbeitete in einer sehr schäbigen Gegend der Stadt. Er fuhr in seinem alten Polizeiauto Streife. Eines Tages – Graham war wie immer früh aufgestanden, hatte zum Frühstück *Knusperchen*-Haferflocken gegessen ...«

»*Knusperchen*?«

»Ja, das sind diese Flocken mit der Ente auf der Packung, die Ente heißt *Knusperchen*. Graham aß zum Frühstück immer diese Haferflocken ... mit Milch ... so auch an diesem Tag. Er trank ein Glas Orangensaft und ging zur Arbeit. Auf dem Weg zum Polizeirevier begegnete Graham keiner Menschenseele. Doch das wunderte ihn nicht besonders, denn dafür war es erstens noch zu früh am Morgen, und zweitens war Graham nur ein Streifenpolizist und kein Detektiv. Ein Detektiv hätte natürlich Verdacht geschöpft, Graham ging einfach zur Arbeit. Im Polizeirevier war auch niemand. Alle schienen verschwunden zu sein. Das hinderte Graham aber nicht, den Garagenschlüssel zu holen, sich ins Auto zu setzen und Streife zu fahren ...«

Ich ging zur Minibar. Machte sie auf, nahm einen Orangensaft heraus, goss ihn in ein Glas.

»Möchtest du Saft?«

»Nein ... erzähl weiter.«

Ich trank einen Schluck und fuhr fort:

»Keinen Menschen traf Graham an diesem Arbeitstag. Weder draußen noch im Polizeirevier, noch irgendwo sonst. Alle schienen verschwunden zu sein. Graham ging nach Hause und legte sich schlafen. Am nächsten Tag genau das Gleiche. Graham fuhr Streife, aber er begegnete keinem Menschen. Dann kam das Wochenende. Graham beschloss, ins Kino zu gehen. Er musste sich selbst eine Karte verkaufen, sich das

Wechselgeld auf seinen großen Schein zurückgeben, den Film starten und nach dem Abspann wieder anhalten. Graham brachte seine ihm gesetzlich zustehenden freien Tage irgendwie herum und ging am Montag wieder zur Arbeit. Er arbeitete gewissenhaft bis zum Ende seiner Schicht, dann ging er in den Supermarkt, holte sich Lebensmittel, ließ Geld an der Kasse und kochte sich ein Abendessen. Normalerweise aß Graham etwa dreimal in der Woche auswärts. Meistens in einem Fischrestaurant. Aber jetzt, nachdem alle verschwunden waren aus der Stadt, beschloss er, lieber zu Hause zu bleiben und selbst zu kochen. So verging ein Monat. Es kam der Tag, an dem Graham in Urlaub gehen sollte. Er hatte ordnungsgemäß einen Urlaubsantrag gestellt und auf den Schreibtisch seines Vorgesetzten gelegt. Seine zwei Wochen Urlaub wollte Graham am Meer verbringen. Im Grunde seines Herzens hoffte Graham, zumindest dort, in der Stadt am Meer, wären irgendwelche Leute, und er könnte richtig Urlaub machen, doch vergeblich. Kein Mensch weit und breit, nicht einmal am Strand. Volle zwei Wochen lang lag Graham in der Sonne, kochte selbst, machte selbst das Bett in seinem Einzelzimmer im Hotel, wechselte selbst die Handtücher und füllte Flüssigseife nach, wenn sie ausging. Als die zwei Wochen Urlaub vorbei waren, setzte der braungebrannte, gut erholte Graham sich ins Auto und fuhr nach Hause. Auch auf dem Rückweg begegnete ihm niemand. Graham kam zurück in seine Heimatstadt, ging in seine Wohnung, legte sich schlafen, und als er wieder aufwachte, sah er, dass alle wieder da waren. Graham fuhr Streife und dachte angestrengt nach: Alles war wie früher, bevor sie alle verschwunden waren –

die Stadt war voller Menschen, auf den Straßen, bei der Arbeit, in den Läden, alle gingen ihren gewöhnlichen Geschäften nach: Sie kauften und verkauften, transportierten Fahrgäste, buken Brot, stahlen und machten sauber. Graham sah sich das alles an, und als seine Schicht zu Ende war, hatte er einen festen Entschluss gefasst: Er würde keinem von ihnen sagen, dass sie alle verschwunden waren. So lebte Graham bis zu seinem Tod, ohne einer Menschenseele dieses Geheimnis zu verraten. Ende.«

»Danke.«

Natascha stand auf und ging wieder ins Bad. Diesmal lief alles glatt. Sie duschte nur und schminkte sich. Als sie wieder hereinkam, war sie so froh und gut gelaunt, dass man meinen konnte, ich hätte die ganze Zeit hier allein verbracht, und sie, die frohe Natascha, sei irgendwo unterwegs gewesen und gerade erst zurückgekommen.

»Und, was machen wir jetzt?«

Es klopfte an der Tür, und wir mussten wohl oder übel etwas mit Hot Dog machen.

»Ich habe gehört, dass bei euch Wasser läuft und die Tür geht ...«

Hot Dog beschwerte sich über Beschwerden mit seinem Arm. Dann fragte Hot Dog, wo Pepsi sei, und dann kam auch Pepsi – kurz, wir schalteten den Fernseher ein und machten uns über die Minibar her. Anfangs beachtete ich den Fernseher gar nicht, ich öffnete Dosen und Flaschen, schenkte ein, mischte und nahm kaum wahr, was da lief. Aber ich nahm Pepsi, Hot Dog und Natascha wahr, die ihrerseits mich gar nicht wahrnahmen, genauso wenig wie das, was sie tranken. Sie schauten auf den Fernseher. Und was lief da? Ganz normale Nachrichten ... auf Russisch ... das russische Erste Programm brachte irgendwelche Nachrichten, und meine Kumpels, ganz junge Leute noch, sahen sich diesen Quatsch an und redeten nicht mal dabei.

»Was ist los mit euch?«

»Gleich, lass uns erst mal hören, was passiert auf der Welt.«

Eine geniale Erfindung, das muss man schon sagen – man führt den Leuten das vor, was sowieso dauernd passiert, das zeigt man ihnen dann ausführlich, in allen Einzelheiten, die eigentlich keinen interessieren, aber weil es das Erste Programm ist ... trotzdem, da stimmt da doch was nicht ... ich verstehe ja noch, wenn es ältere Leute sind, die sich im Alter für die Welt interessieren, in der sie ihr ganzes Leben verbracht haben, aber Leute in meinem Alter ... Was wollt ihr denn mit diesem Zeug? Das ist doch alles frei erfunden!

»Warte doch mal ...«

In den Nachrichten wurde gemeldet, dass irgendwelchen Banken die Lizenz entzogen worden war, dass irgendein Land überflutet war und ein anderes systematisch kurz und klein geschlagen wurde. Dann kam plötzlich eine Meldung über einen alten Mann, der in der Gegend von Kiew, in einem kleinen Dorf da in der Nähe, einen Deltasegler mit einem Motor ausgerüstet hatte und selbst damit gestartet war. Kreuz und quer durch die Ukraine war er geflogen und dann nach Hause zurückgekehrt. Danach kam die Wettervorhersage.

»Und was sollte jetzt die Geschichte von dem Opa?«

»Na ja, das ist so eine Art *Na so was*-Rubrik.«

»Was für ein Ding?«

»Mein Vater hat früher eine Zeitung abonniert, *Die Arbeit* hieß sie, glaube ich, und da gab es diese Rubrik, *Na so was* – das war so eine Spalte am Seitenrand, in der es immer um irgendwelche unterhaltsamen Fakten ging. Mal hatte jemand einen Hecht gefangen und in dem Hecht einen aufgefressenen Hund gefunden, mal fiel Michael Jackson die Nase ab – das habe ich dort zum ersten Mal gelesen.«

»Aber das hier sind doch Nachrichten, da geht es um globale Dinge, das gucken die Leute im ganzen Land, und über Satellitenfernsehen auf der ganzen Welt, was hat da denn dieses *Na so was* verloren?«

»Das ist eben zur Auflockerung.« Pepsi trank aus einer Dose und überlegte. »Guck doch mal, wie viel Unglück, Katastrophen, Kriege es auf der Welt gibt, das versucht der Redakteur eben mit irgendeiner nutzlosen, aber angenehmen Information aufzulockern, wenn er seine Sendung plant, damit kein schlechter Nachgeschmack bleibt nach den Nachrichten.«

»Genau, damit nicht etwa eine schlechte Nachricht am Ende steht, zum Beispiel …«, fügte Hot Dog hinzu.

»Das ist denen doch egal, ob gut oder schlecht, das ist Fernsehen, Mann. Nein, da steckt was anderes dahinter, bestimmt war das ein Zeichen.«

»Ein Zeichen?«

»Für wen denn?«

»Keine Ahnung, vielleicht für den Geheimdienst, oder was weiß ich. Versteht ihr, auf die Art ist das ganz legal, man schaltet einfach den Fernseher ein und empfängt eine geheime Mitteilung – so was am Telefon übermitteln bringt nichts, das wird ja alles abgehört, weltweit, überall sind Satelliten, alles wird kontrolliert, aber auf die Art geht das ganz legal, ganz offen. Jemand muss aus der Ukraine rausgeholt werden, zack, macht man einfach eine Reportage: Ein genialer Bastler hat in einem Deltasegler ... in der Nähe von Kiew ... fertig! Wen es was angeht, der hat schon verstanden und kann aktiv werden!«

»Wie denn aktiv?«

»Das weiß ich doch nicht, das muss man abwarten. Wir werden ja sehen, was als Nächstes passiert.«

»Wie geht es eigentlich deinem Vater, Pepsi?« Ich hatte gedacht, Natascha sei weggedämmert, aber sie war wach und hörte uns genau zu, obwohl sie das alles bestimmt langweilte. Es war unser Standardgespräch, wie oft hatte sie das schon gehört? Aber Pepsis Erwähnung der Zeitung *Die Arbeit* und seines Vaters hatte sie an etwas erinnert, also fragte sie nach.

»Ganz okay.«

»Wann ist die Verhandlung?«

»In einem Monat ... wahrscheinlich ...«

»Sag Bescheid, okay?«

»Mach ich.«

Pepsis Vater, genannt *Akula,* der Hai, war der klassische Fernsehnachrichten-Konsument. Er war der aktivste Bürger der ganzen Stadt. Als es in den Nachrichten hieß, bei uns würde jetzt der Kapitalismus aufgebaut, war er der Erste, der es glaubte. Als beispielhafter Staatsbürger nahm er aktiv an diesem Prozess teil und wurde einer der ersten Geschäftsmänner der Stadt: Er kaufte einen ehemaligen Zeitungskiosk und machte daraus einen Verkaufsstand für Waffelröllchen mit Kondensmilch-Konzentrat. Wie nicht anders zu erwarten, tauchte zugleich mit dem ersten Privatunternehmer auch der erste Schutzgelderpresser in unserer

Stadt auf. Die beiden hatten dieselbe Schule besucht und später auch im selben Atomkraftwerk gearbeitet, deshalb kamen sie schnell ins Gespräch. Niemand wurde umgebracht, alle waren zufrieden. Das kleine Privatunternehmen konnte weiterexistieren und die Schutzgelderpressung auch. Sie hatten sich geeinigt. Akula erwirtschaftete mit seiner Kondensmilch und den Waffeln ein gewisses Kapital, und vor kurzem wollte er nun endlich ein größeres Geschäft aufziehen. Pepsis Vater pachtete einen Berg. Für viele, viele Jahre, und gegen ein gewaltiges Bestechungsgeld. Aber leider stellte sich heraus, dass auch der Staat nicht auf den Kopf gefallen war. Er hatte genau den Zeitpunkt kalkuliert, zu dem das Kleinunternehmen genug Geld beisammen hätte, um ein Großunternehmen zu werden, und jetzt stand er auf einmal vor der Tür. Der Staat erklärte, man müsse die Gesetze befolgen. Gute Idee, das wollte Akula ja auch, nur fehlten ihm dazu die Mittel – materiell wie moralisch. Akula hatte zu bauen angefangen auf seinem Berg – wie hieß er noch gleich, richtig, Schuwakisch, das ist dieser Berg bei uns in der Nähe, 15 Kilometer von der Stadt, der Schuwakisch – auf diesem Berg wollte Akula – wiederum unter dem Einfluss der Rubrik *Na so was* in den Fernsehnachrichten des Ersten Programms – eine Skistation hochziehen. Skifahren war ein Modesport, ein einträgliches Geschäft, er hatte alles genau kalkuliert, bis auf den Umstand, dass der Staat inzwischen einen anderen Modesport entdeckt hatte. Ja, armer Akula, jetzt hatte das Finanzamt ihn in seinen Klauen. Nicht nur über seine aktuellen Geschäfte sollte er Rechenschaft ablegen, sondern auch über die Waffeln. Aber was das Fass für ihn wirklich zum Überlaufen brachte, war, dass eines

Tages auch noch die Verkehrspolizei auf dem Berg aufkreuzte. Die Ex-VPler sagten, in diesem Winter würde in der Stadt die Aktion »Pistenalarm« durchgeführt, und alle zu einer Autostraße hin gelegenen Hänge sollten gesperrt werden. Akula überlegte lange, wie weit man von seinem Berg aus fahren musste, bis man auf einer Straße landete, aber er kam zu keinem Ergebnis, das heißt, er konnte sich nicht freikaufen – und landete im Knast. Wir halfen Pepsis Familie bei der Suche nach einem Anwalt. Wir fanden auch einen, in der großen Stadt. Er versprach, alles zu regeln, aber die Sache zog sich und zog sich. Zu der Gerichtsverhandlung wollten wir alle gehen, wir hatten sogar Plakate im Manga-Stil gemalt zu Akulas Verteidigung. Hoffentlich hatte Pepsi die nicht irgendwo verlegt …

»Nein, die sind bei mir in der Garage, mit den Plakaten ist alles in Ordnung.«

Gut …

Früher hatte Akula davon geträumt, dass der Präsident zum Skiurlaub auf seinen Berg käme, jetzt hatte er einen viel schlichteren Traum: Er wollte nur, dass die Verhandlung bald stattfand und er endlich dorthin kam, wo er seine Strafe absitzen sollte.

»Er hätte damals lieber auch Schutzgelderpresser werden sollen. Onkel Tolja hat inzwischen ein eigenes Bowling-Center und ein Restaurant.«

»Wo denn?«

»Nicht bei uns, in der Stadt.«

»Ah …«

Wir waren ein bisschen traurig geworden, deshalb beschlossen wir, eine Runde zu schlafen. Wir rückten die Betten zusammen. Dann legten wir uns alle vier nebeneinander und schliefen ein. Zum Glück waren wir noch in dem Alter, in dem man sofort einschläft, wenn man sich hinlegt – hoffentlich würde das noch lange so bleiben.

Plötzlich bekam ich einen furchtbaren Hungeranfall. Ich stand auf und ging ins Restaurant. Das ganze Hotel lag im Halbdunkel. Von den Wänden ging ein unheimlicher Schimmer aus, überall hörte man vielstimmiges Schnarchen. Das Restaurant war hell erleuchtet. Die Tische waren gedeckt, aber es waren weder Kellner noch Gäste zu sehen. Ich nahm einen Teller und holte mir etwas zu essen. Aus irgendeinem Grund bestand das ganze Büffet nur aus Halwa. Erdnuss-Halwa, Sesam-Halwa, Sonnenblumen-Halwa, Halwa mit Nüssen, mit Zimt, mit Rosinen. Ich nahm mir verschiedene Sorten und setzte mich an einen Tisch. Noch ehe ich ein Stück in den Mund stecken konnte, ging am Ende des Saals die Tür zur Küche auf und Jalal kam herein. Er sah genauso gut aus wie beim Mittagessen, und er kam zu mir und setzte sich an meinen Tisch.

»Guten Tag.«

»Schon mal einen besseren gesehen. Ich weiß alles über dich. Über dich und über deine Freunde, und warum ihr hier seid, alles weiß ich.«

»Sind Sie vom FSB? Sie passen auf Nataschas Firma auf? Sie waren das, die uns erlaubt haben, hierherzukommen?«

»Mm-m.« Jalal grinste. »Also ... Retik hat euch Pfeil und Bogen gegeben, ihr könnt euer Vorhaben ausführen, keiner wird euch aufhalten und keiner wird euch im Weg stehen, aber nur unter einer Bedingung.«

»Und zwar?«

»Bei uns ist derzeit so ein Tester – er wohnt inkognito hier, wie ein normaler Tourist, er geht baden und fliegt Fallschirm. Von ihm hängt ab, wie viel Sterne wir kriegen. Im Westen funktioniert alles so, verstehst du – so viel Sterne du kriegst, so viel Gewinn machst du auch im nächsten Jahr. Wir haben schon fünf, aber man kann mehr kriegen. Wir wollen ein Super-All-Inclusive-Hotel werden, verstehst du?«

»Ja …«

»Und jetzt hängt alles von dir ab.«

»Von mir?«

»Ja, von dir – bist du schwerhörig?«

»Nein, ich bleibe nur dem Stil unserer Unterhaltung treu.«

»Und was für ein Stil soll das sein?«

»Ein mystisch-sakraler …«

»Ach was, wir unterhalten uns ganz normal. Du tust mir und meinem Hotel einen Gefallen, und wir tun dir einen Gefallen. Ihr könnt machen, was ihr wollt, aber vorher musst du mit diesem Tester schlafen.«

»Mit wem?«

»Mit dem Hotelkritiker!«

Ich biss ein Stück Sesam-Halwa ab. Sofort bekam ich ein kleines Sesamkorn unter eine Plombe. Der Zahn tat weh. Ich wurde unruhig. Jalal sah mich an und wartete.

»Seine Zimmernummer ist neunzehnhundertneunundsechzig. Er erwartet dich.«

»Ach so, ich werde also schon … erwartet?«

Ich stand auf und nahm meinen Teller.

»Du brauchst nicht abzuräumen, hier ist doch alles all-inclusive!«

Ich stellte den Teller wieder hin. Ich hatte ihn gar nicht abräumen wollen, ich hatte nur aus irgendeinem Grund die Halwa mitnehmen wollen auf Zimmer 1969. Seltsamerweise versuchte ich nicht einmal zu widersprechen, dabei sollte ich doch nicht nur mit einem Türken, sondern auch noch mit einem Hotelkritiker schlafen, und obendrein mit einem Mann. Obwohl, woher wollte ich das eigentlich wissen, dass es ein Mann war? Vielleicht war der Kritiker ja auch eine Kritikerin – Kritiker, Minister, Direktor, da wusste man doch nie so genau, ob Frau oder Mann.

»Übrigens«, rief Jalal mir nach, als ich schon an der Tür war, »ihr habt einen Verräter unter euch!«

Ich ging nach oben. Zu Fuß. Mit dem Gedanken an den Verräter und an die schöne Türkin, als die sich dieser Kritiker durchaus entpuppen konnte. Was hatte der Verräter unter uns wohl vor? Verrat üben? Aber an wem? Uns konnte man gar nicht verraten. Dann also an was? An unserer Sache. An welcher Sache? Dem Mord an dem Schiedsrichter. Und wozu sollte das gut sein? Armer Verräter, er hatte es nicht leicht bei uns. Ich schüttelte Pepsis Bein ab, das auf meinem Bauch lag, und trat in Zimmer 1969. Der Raum lag im Halbdunkel, von irgendwo hörte man gedämpfte türkische Melodien, die sehr an Wladimir Wyssozkis *Zärtliche Bergsteigerin* erinnerten. Neben dem Bett brannte eine kleine Lampe, darüber hing ein rotes Tuch, weshalb auch das schummrige Licht tiefrot war. Jemand lag in erwartungsvoller Haltung ausgestreckt auf dem Bett. Auf den ersten Blick konnte ich nur ein Paar überraschend verführerische Kniestrümpfe erkennen, in denen entzückende Beine steckten. Die Zehen in den Kniestrümpfen bewegten sich, als wollten sie mich ans Bett locken. Ich trat näher. Vor mir lag in voller Sportmontur der kahle Schiedsrichter. Pepsis Bein setzte sich endgültig durch – ich wachte auf. Natascha schlief, Pepsi auch. Nur Hot Dog war wach. Er sah fern. Es gab schon wieder Nachrichten. Man sah irgendein Städtchen im Irak, Soldaten. Ich hörte nicht hin, was der Kommentator sagte, bestimmt war es nichts Neues.

»Mit der Kamera von Fudj-a
Macht er Fotos in Falludja«,

reimte Hot Dog. Die Verse waren von ihm selbst, Hot Dog schrieb nämlich – schöne, prägnante Gedichte wie dieses. Sie waren kurz, aber nicht zu kurz, um sowohl einen Sinn als auch eine Poetik rüberzubringen, auch wenn Hot Dog von beidem keine Ahnung hatte. Als Inspiration konnte ihm dabei buchstäblich alles dienen. Gerade war es diese endlose Nachrichtensendung gewesen. Einmal hatte ihn ein Hochglanz-Männermagazin zu folgenden Zeilen angeregt:

Die Decke glitt in Wellen
Vom Bett des Metrosexuellen.

Aller Wahrscheinlichkeit nach war Hot Dog ein Genie. Vor allem waren seine Gedichte von der Sorte, die man einmal hört und nie mehr vergisst:

Es gab eine Zeit, da ich nichts entbehrte,
Im Wald war ein Auerhahn mein Gefährte.

Damals hatte Hot Dog sich gerade von jemandem getrennt und war dabei, sein Leben neu zu überdenken – das Gedicht habe ich mir gemerkt. Und das:

Im Harem, inmitten von duftigen Kissen,
Hatte ein Pandabär hingeschissen.

– das war, als Hot Dog erfuhr, dass er Hepatitis hatte.

»Wir müssen Pepsi wecken! Sieben Uhr.«

»Gleich, was gibt's Neues?«

»Alles beim Alten. Ich warte immer noch darauf, dass eines Tages der Präsident auftritt und sagt, bitte lächeln, Sie wurden alle gefilmt für die *Versteckte Kamera.* Und dann wehen die roten Fahnen, und die Sowjetunion ist wieder da, die Berliner Mauer wächst aus dem Boden ...«

»Das sagt er nicht mehr – auch wenn er es vielleicht gern täte, der Moment dafür ist vorbei.«

»Macht nichts, irgendein Moment lässt sich immer finden. Pepsi!«

»Mmmm ... ja ... schon??«

»Ja, wir müssen gleich zur Probe.«

Wir duschten und gingen den Videoraum im minus ersten Stock suchen. Natascha ließen wir schlafen. Sie würde schon von allein aufwachen. Am besten sollte sie gleich bis zum nächsten Tag durchschlafen, dann würde sie nicht sehen, wie wir uns mit musikalischer Untermalung auszogen. Allerdings würde sie dann auch nicht sehen, wie wir den Schiedsrichter töteten – aber das würde sie sowieso nicht, sie wäre ja mit ihrem Alibi beschäftigt, für sie war das wichtig, also sollte sie ... eben von allein aufwachen. Wir hörten Musik und gingen dem Geräusch nach. Die Gruppe *Narcotic Thrust* spielte das Stück »Ai laik it«. Wir hatten richtig vermutet, das war der Raum, den wir suchten. Ein kleiner Videoprojektionssaal mit zwanzig Plätzen und einer Leinwand. Auf dem schmalen Podium war Ilsa schon dabei, sich warm zu machen. Sie dehnte sich im Rhythmus der Musik und lächelte dabei. Sie musste wirklich schon lange als Tänzerin arbeiten, wenn sie sich das Lächeln zu Musik schon so sehr angewöhnt hatte.

»Ah, ihr seid da!«

»Selbstverständlich.«

»Gut, meine Lieben, dann zieht euch mal um, hier sind eure Kostüme.«

Die Kostüme bestanden aus silbernen Strings, schwarzen Hosen und weißen Hemden. Wir zogen uns um. Ilsa spulte ihre Kassette zu einem Oldie für jede Gelegenheit zurück, irgendwas von wegen Gary Cooper.

»Also passt auf, tanzen werde natürlich vor allem ich – das hier ist das erste Stück in unserem Programm. Eure Schritte sind ganz einfach bei dieser Nummer, ihr lauft von hier bis hier, also total simpel, einfach vor und zurück. Alle zusammen. Ja? Okay, und dabei macht ihr mit den Armen so, und mit den Hüften so, aber vor allem müsst ihr immer an eure Rolle denken! Das ist sehr wichtig, ihr spielt bei jedem Tanz eine andere Rolle! Bei diesem seid ihr junge Wall-Street-Banker. Ihr tragt Anzüge, Sakkos habt ihr auch, die bringt mir gleich noch jemand aus dem Restaurant vorbei, und wenn ich nur noch einen BH und Strümpfe anhabe, dann lasst ihr euer Sakko fallen. Wichtig ist der Blick dabei: Ihr habt alles erreicht, die Welt liegt euch zu Füßen, ihr macht Geschäfte, handelt, verkauft, aber jetzt macht ihr eine Pause, an der Börse ist gerade Mittagspause, also zieht ihr euch aus, ihr werft euer Sakko ab und dabei – nicht vergessen – dabei guckt ihr so, wie erfolgreiche Leute eben gucken. Los, schaut mich mal so an!«

Wir sahen sie an. Ilsas Laune sank.

»Nein, nicht so! Beim Striptease ist der Blick das Wichtigste, versteht ihr! Nicht der Tanz an sich. Es machen viele Leute Striptease, die einfach nur gute Tänzer sind, aber gute Tänzer interessieren beim Striptease überhaupt nicht! Die Leute müssen sich in euch verlieben, damit sie euch nackt sehen wollen! Und in was verliebt man sich als Erstes? In den Blick natürlich! Also, bei dieser Nummer habt ihr einen Siegerblick. Erinnert euch an irgendeine Situation, in der ihr jemanden besiegt habt, wie habt ihr den angeschaut? Also?«

Ich weiß nicht, woran Pepsi und Hot Dog dachten. Ich überlegte, wen ich im Leben schon besiegt hatte ... Ach ja, einmal hatte ich einen ... einen Klassenkameraden besiegt ... Er war der Stärkste an der ganzen Schule, wir hatten gewettet, wer von uns mehr heiße Milch trinken kann, er trank fünf Gläser, ich acht ... Den hatte ich damals so angeschaut ... mit einem Siegerblick ... ich hatte alles erreicht ... die Welt lag mir zu Füßen ...

»Na gut, da können wir natürlich auch noch nachhelfen, mit ein bisschen Make-up, light fashion, das klappt schon. Das Wichtigste ist, zu jeder Nummer gehört eine eigene Stimmung und ein spezieller Blick, hier ist es Wall Street, wie gesagt. Also, weiter: Wenn ich meinen Rock fallenlasse, so wie jetzt, dann knöpft ihr eure Sakkos auf, langsam und würdevoll, jeder in seinem eigenen Rhythmus, das muss nicht synchron sein. Ihr knöpft sie auf und werft sie auf den Boden. Als Nächstes ziehe ich einen Strumpf aus und ihr reißt euch die Hosen vom Leib. Probiert es mal.«

»Du meinst, wir sollen sie zerreißen?«

»Zerreißen müsst ihr gar nichts, meine Lieben, die Hosen haben Klettverschlüsse. An den Seiten sind Klettverschlüsse statt Nähte, also los.«

Ein Ruck, und unsere Hosen fielen sofort auf den Boden.

»Okay, danach ziehe ich den zweiten Strumpf aus … mhmm … und ihr reißt euch … genauso wie eben … die Hemden vom Leib!«

Wir rissen uns auch die Hemden vom Leib.

»Ihr werft sie auf den Boden, und während ich mich aus fertigziehe – also, wie sagt man, mich zu Ende ausziehe, ihr versteht schon – währenddessen lauft ihr graziös zwischen den Tischen durch und wer will, darf euch an die Wäsche gehen und euch Geld reinstecken, und dann sammelt ihr eure Kleider ein, alles im Tanzen, und verschwindet durch die Tür, durch die wir auf- und abtreten! Währenddessen tanze ich einen Tschetschotka-Step, hört ihr, das ist gerade das Tschetschotka-Thema. Und dann, dann kommt das Interessanteste: Nach dieser Nummer, meine Lieben, stehen bei uns die Solotanzen, ich meine die Solotänze auf dem Programm. Ihr könnt es euch aussuchen, wir können von meiner Musik irgendwas nehmen, ich habe ganz gute Sachen, jedenfalls tanzt jeder für sich, zu was er eben will, weil auch hier nur eure Stimmung zählt. Deshalb müsst ihr mir sagen, wenn euch ein Stück nicht gefällt, dann suchen wir was anderes für euch aus.«

Wir sagten nichts, weil wir nicht ganz kapiert hatten, wovon Ilsa redete.

»Also, Pepsi, was ist deine Lieblingsmusik, wozu möchtest du tanzen?«

»Wieso ich, was ist mit dir?«

»Ich meine ganz konkret deinen Tanz, Pepsi!«

»Aber ich bin doch kein Tänzer, also ich meine, ich kann vielleicht im Hintergrund irgendwas abwerfen, auf Kommando, das kriege ich schon hin, aber alleine … wie meinst du das?«

»Was soll das denn jetzt heißen? Machst du nicht mehr mit?«

»Na ja, also ich dachte, wir sollten mit dir zusammen ...«

»Hör zu, mein Lieber, es geht im Moment nur darum, was du tanzt, das ist doch ... gar nicht so schwer ... Wir müssen eine Musik aussuchen, also sag mal irgendein Lied.«

»Also angenommen, ›Wanderful laif‹ mag ich gerne, kennt ihr das, ta-ta-tata, ta-ta, its e wanderful, wanderful laif, ta-ta-ta-ta, ta-ta ...«

»Ach ja, prima! Da fragen wir mal den Hotel-DJ, wenn ich das Stück kenne, kennt er es bestimmt auch. Gut, das ist dann ja ganz einfach, das ist eine romantische Rolle, du stellst einen Romantiker dar.« Ilsa ging zu ihren vollen Kleidersäcken. »Okay, du ziehst die Weste hier an, auf nacktem Oberkörper, und Shorts. Wann du was ausziehst, hast du selber im Gefühl, das Prinzip ist immer dasselbe. Und jetzt ... Hot Dog, was ist deine Nummer, dein Lied?«

»Ich würde ... also diese zwei Schwarzen, Busta Rhymes mit dieser Frau – ›Bejbi if ju giw it tu mi‹.«

»Ausgezeichnet! Gute Wahl! Das habe ich. Das war mal eine Nummer von mir ... noch mit den anderen Jungs, die jetzt weg sind ... Also, was haben wir denn hier für *Baby* ... Goldketten natürlich, klar ... fette Niggerketten ... und ein Trenchcoat ... den kannst du so fallenlassen, wie vorhin das Sakko ... und hier, mein bestes Stück, die Trainingsjacke. Du bist ein Straßengangster, aber mit weichem Herz. Also am Anfang trittst du ganz grob auf, du läufst mit schnellen, harten Schritten zwischen den Tischen durch, dann gehst du nach vorn und ziehst erst den Mantel aus, dann die

Hose, genau wie vorhin, dann die Trainingsjacke, und je mehr Sachen du ausziehst, desto mehr veränderst du dich. Du wirst ganz sanft, du kommst näher, such dir irgendwen aus an einem Tisch, so eine mit Brillanten, die umschmeichelst du dann, aber pass auf, dass du sie nicht berührst.« Ilsa kam zu mir und zeigte Hot Dog, wie man jemanden umschmeichelt. Mir gefiel das. Ilsa war anders, ganz anders als alles, was ich kannte. Sehr schwer zu fassen allerdings. Sie schien mich zu berühren, aber es war nur die Luft.

»Okay, und was machen wir mit dir? Zu was tanzt du, mein Lieber?«

Ich war schon immer misstrauisch gegenüber Leuten, die allzu oft »mein Lieber« sagen. In einer Welt, die aus lauter lieben Menschen besteht, hat wahrscheinlich nichts und niemand mehr einen Wert. Genau das war Ilsas Welt.

»Also?«

»Laisa Minelli ... ›Mani‹ ...«

»Oho! *Cabaret!* Ein bisschen übertrieben vielleicht, oder?«

»Hast du das nicht?«

»Doch. Ich höre es manchmal ... zum Aufwärmen ... ich hätte gar nicht gedacht, dass du so was überhaupt kennst ... tüchtiger Junge.«

Na bitte, jetzt war ich nicht mehr nur lieb, sondern auch noch ein tüchtiger Junge. Klasse. Ganz ausgezeichnet sogar. Ein Verräter ... mir fiel wieder der Verräter ein, aber Ilsa gehörte ja nicht zu uns, also konnte sie nicht gemeint sein. Einer von euch, hatte Jalal gesagt. Das war sie nicht, und falls sie es doch noch werden sollte, dann würde ich vorsichtig sein.

»Du brauchst natürlich einen Zylinder, Handschuhe, einen Spazierstock ... tanzen musst du da sowieso kaum ... wir suchen dir möglichst viele Accessoires zusammen, damit du dich vor allem ausziehen kannst ... und du musst schnell zwischen den Tischen durchlaufen. Das gilt für alle: Wenn ihr stehen bleibt, darf das höchstens eine halbe Minute dauern, dann tanzt ihr weiter und zieht das nächste Teil aus, es macht nichts, wenn die Musik noch läuft und ihr tanzt auf – ihr hört auf, wollte ich sagen – das heißt die Musik kann ruhig weiterlaufen, aber wenn ihr ausgezogen seid, dann lauft ihr zwischen durch den Tischen und fort, ja?«

Mir fiel plötzlich auf, dass Ilsa manchmal kein richtiges Russisch sprach, sie benutzte die falschen Wörter in der falschen Reihenfolge. Das Russische machte ihr anscheinend Mühe, oder vielleicht meinte sie auch etwas ganz anderes als das, was bei uns ankam. Seltsam, diese Art ... es gab ja auch Momente, in denen sie keine Fehler machte. Wenn meine Mutter früher etwas verheimlichen wollte vor meinem Vater oder mir, dann hatte sie genau so geredet wie jetzt Ilsa.

»Haben wir uns verstanden?«

»Alles klar.«

»Prima. Nach eueren gaaanz kurzen Nummern tanze ich einen laaangen Bauchtanz, und danach entspannen wir uns alle miteinander, ich gebe euch euer Geld, und wir machen weiter Urlaub. Bestens!«

Wir reagierten nicht. Ilsa hatte entschieden, dass alles bestens war – nun gut, wir würden sehen. Ich war offen gestanden noch nicht sicher, ob ich den Schiedsrichter besser vor meiner Solonummer töten sollte, und zwar so, dass ich auf der Stelle festgenommen würde, oder meine Tanzkünste besser nach dem Mord vorführen, weil mir dann bestimmt ohnehin alles egal wäre.

»Kann ich mal kurz die Jungs sprechen?«

Natascha hatte uns gefunden.

»Aber klar – alle auf einmal? Sonst könnte ich inzwischen mit einem …«

»Alle«, schnitt Natascha Ilsa das Wort ab und verschwand hinter der Tür. Wir gingen hinaus in den Vorraum.

»Na, soll ich schon mal Blumen für euch besorgen, ihr Ballettratten? Ich habe mir einen Tisch reserviert, wir haben also alle dasselbe Alibi. Ihr müsst euch nur untereinander einigen, nicht dass ihr am Ende vergesst, den Typen kaltzumachen.«

»Nein, es passt alles wunderbar, schau mal, wir haben jeder eine Solonummer. Während ich tanze, kann Hot Dog in der Sauna sitzen, und während Pepsi tanzt auch noch. Allerdings wird die Geschichte hier nicht viel länger dauern als bis zehn – wir richten es so ein, dass Hot Dog als Letzter drankommt, er meldet sich zurück, sobald der Schiedsrichter auf dem Massagetisch liegt, aber so lange bleibst du in der Sauna, Hot Dog, und mach dir keinen Kopf, wenn du noch nicht da bist, tanzen wir einfach länger. Sobald du kommst, nehmen Pepsi und ich Pfeil und Bogen, legen den Schiedsrichter um, und schwupps, sind wir wieder zurück. I-de-al!«

Nach meinen letzten Worten beruhigten sich alle. Ich verstand selbst nicht recht, wie das alles funktionieren sollte, aber theoretisch klang es wirklich ideal.

»Die Hauptsache ist, dass wir alles, was wir tun, gerne tun – dann werden wir den Charme der Jugend lange bewahren!«

»Na, wie ihr meint …«

Natascha musste natürlich noch ein bisschen meckern. Ich sagte nichts mehr, aber es war deutlich zu sehen, dass ich sie umgestimmt hatte. Kein Wunder, ich hatte ja sogar mich selbst umgestimmt!

Natascha ging schwimmen, wir kehrten zu Ilsa zurück. Sie war etwas verärgert, lächelte aber.

»Sehr gut, jetzt machen wir einen Durchlauf mit euren Nummern.« Wir fingen an. Erst übten wir gemeinsam den einfachen Wall-Street-Banker-Gang, dann arbeitete Ilsa mit jedem von uns einzeln. Sie war unübersehbar ein Profi. Wenn man ihr zuhörte, war alles ganz einfach. Wir taten, was sie sagte. Und es klappte. Zumindest redete sie uns das ein. Bis halb neun versanken wir völlig in der Welt des Tanzens. Danach sagte Ilsa, wir sollten uns noch etwas ausruhen und sie dann direkt im Restaurant *Sultan* wiedertreffen.

»Nicht im Restaurant selbst natürlich – wenn ihr da seid, fragt ihr jemanden nach unserem Raum, wo wir uns umziehen können. Ich gehe mit dem DJ reden, also bis gleich.«

Wir gingen in eine Bar gleich neben dem Restaurant, in dem wir dreimal am Tag aßen. Dass das eine Bar war, war uns eben erst klargeworden. Bisher hatten wir auf dem Weg zum Frühstück oder Mittagessen nur bemerkt, dass hier Ledersofas standen, und angenommen, das wäre einfach ein Ort zum Verschnaufen. Aber sobald man sich auf eines dieser Sofas setzte, stand auch schon ein Mädchen vor einem, um Bestellungen entgegenzunehmen. Wir bestellten dreimal Tee. Das Mädchen brachte uns drei kleine geschwungene Gläser. Schon wieder ein Hinweis auf Jalal. Was mochte das bedeuten?

»Bars, Bars, alles voller Bars! Zwei Schritte neben dem Restaurant, und schon wieder eine Bar!«

»Aber der Tee ist gut.«

»Stimmt, das ist mal richtiger Tee, nicht dieses Zeug aus der Maschine.«

»Und sie wollte nicht mal unsere Kard sehen.«

»Na ja, für einen Tee ... Tee gibt's hier doch in rauen Mengen ...«

Weiter folgte ich Pepsis und Hot Dogs Gespräch nicht mehr. Ich lauschte in mich hinein, hörte aber nichts, also entspannte ich mich einfach mit meinen Kumpels.

»Wir müssen mal kurz nach oben, den Bogen holen.«

»Gehst du?«

»Oder du?«

»Nein, hol du ihn lieber, du sollst ihn schließlich auch halten.«

»Stimmt, mein Job ist schwerer, also gehst du.«

»Wieso schwerer, ich muss in der Sauna schwitzen und dann auch noch rechtzeitig wieder da sein zum Tanzen.«

»Ich gehe schon.« Ich stand auf und ging den Bogen holen. Auf dem Weg zum Aufzug sah ich aus dem Augenwinkel die Straße draußen, den Haupteingang, die Taxis und Ilsa, die mit einem Taxifahrer verhandelte. So, Ilsa verhandelte also mit einem Taxifahrer! Ich bog um die Ecke zum Aufzug, drückte auf den Knopf, fuhr nach oben und dachte an nichts mehr. Ich hatte genug. Im wahrscheinlich unpassendsten Moment war mir die Lust zum Nachdenken vergangen. Ich wollte einfach nicht mehr denken. Schon gar nicht an Ilsa. Jetzt ging es nur noch darum, den Bogen zu holen und zu schießen. Das war alles. Zum Glück hatte Retik ihn verpackt, allerdings war die Verpackung leicht durchsichtig. Ich ging ins Zimmer und nahm meine warme Jacke, mit der ich ins warme Antalya geflogen war, von der Garderobe. Jetzt war sie doch noch zu etwas gut. Ich wickelte den Bogen darin ein und kehrte auf das Ledersofa zu Pepsi und Hot Dog zurück.

»Noch einen Tee?«

»Ja.«

Das Mädchen brachte noch einen Tee.

»Hier, trink.«

»Ist der für mich?«

»Na, dich habe ich doch gefragt!«

Ich hatte das Denken zu gründlich abgestellt, ich wusste schon nicht mehr, was Tee und was Bogen war.

»Trink aus, dann gehen wir.«

»Ja, wir müssen los …«

Ich trank meinen Tee aus. Es machte mir nichts aus, sehr heiß zu trinken – ob es Tee war oder sogar Milch … Einmal, in der Schule … in der fünften Klasse … bei einer Wette … ach so, das hatten wir ja schon.

Wir fuhren nach unten zum Restaurant *Sultan*. Wir wurden bereits erwartet. Ein kleiner, rundlicher Türke in Nationaltracht brachte uns ins Hinterzimmer. Ilsa war schon da.

»Hör mal, Pepsi, der DJ hat ›Wanderful laif‹ leider nicht. Aber dafür hat er ›Pörfekt dej‹. Das ist so ähnlich. Es ist derselbe Rhythmus, und auch so eine wehmütige Stimmung, passt genau zu unserer Inszenierung für dich.«

Pepsi war so aufgeregt, dass er zu allem ja sagte. Eine Sekunde lang bockte er, aber gleich darauf nickte er zustimmend zu allem, was Ilsa sagte.

»Wird schon schiefgehen.«

Komisch. Die Welt wird von unreizenden Frauen regiert, die reizenden haben nichts zu melden. Nirgends und bei niemandem. Wohin man schaut, überall sind genau solche am Ruder wie Ilsa – oder wie Natascha. Sie sagen uns, was wir tun sollen, und dafür suchen sie sich zielsicher den Moment aus, in dem wir alles genau so machen, wie sie es wollen.

»Bist du bereit, mein Lieber?«

»Ich bin nicht mehr dein Lieber.«

»Sondern?«

»Ein tüchtiger Junge.«

»Das kannst du uns gleich zeigen, wie tüchtig du bist. Zieht euch um, ich gehe mal fragen, wann wir dran sind.«

Wir verwandelten uns in siegesgewisse Wall-Street-Banker in weißen Hemden und warteten auf Ilsa.

»Was denkt ihr?«

»Alles in Ordnung.«

»Alles in Ordnung.«

»Wir sehen aus wie so ein französisches Spezialkommando.«

Warum sagte ich das? Ein französisches Spezialkommando hatte ich mal in *Godzilla* gesehen. Die hatten vor ihrem Einsatz mit genauso stumpfsinniger Miene dagesessen wie wir jetzt. Als hätten sie den Auftrag des Regisseurs überhaupt nicht kapiert. Und was war der Auftrag des Regisseurs an uns?

»Auf Ilsa warten!«

»Nein, Hot Dog, dein Auftrag ist es, nach dem gemeinsamen Dancing in die Sauna zu verschwinden. Ilsa sagst du, du gehst pinkeln.«

»Verstanden.«

»Wir warten auf dich. Sobald du zurück bist, gehen wir pinkeln.«

»Gut.«

»Falls wir noch auf der Bühne sind, mach dich trotzdem irgendwie bemerkbar, damit wir wissen, dass wir losmüssen.«

»Gut.«

»Pepsi, Achtung, du behältst den Bogen im Auge. Er ist hinter diesem Fass, in meiner Jacke.«

Ich hatte meine Jacke hinter einem Alufass mit der Aufschrift *Efes* abgelegt.

»Alles klar.«

Ilsa kam zurück.

»Es sind noch nicht genug Leute da. Wir warten noch.«

Es war fast zehn nach neun, und es waren noch nicht genug Leute da. Da zeichnete sich ein Problem ab, auch wenn wir noch etwas Zeit hatten.

»Ilsa, reden wir nachher noch?« Pepsi schnitt ein überraschendes neues Thema an.

»Klar!«

»Ich meine nur, wenn alles klappt, können wir doch vielleicht noch öfter hier auftreten und auch herumfahren.«

»Natürlich klappt alles! Genauso machen wir es. Ich gehe mal ein bisschen Wasser holen, wollt ihr auch?«

»Ja.«

»Ja.«

Ich antwortete nicht, weil Ilsa schon aus der Tür war, bevor ich etwas sagen konnte.

»Was sollte das denn?«

»Na wieso, wir müssen doch langsam mal die Fühler ausstrecken. Wir legen uns hier doch nicht nur zum Spaß in die Riemen – ich zum Beispiel habe mich noch nie vor irgendwem entblößt. Weil das für mich vielleicht einfach inakzeptabel ist … war. Ich will wissen, was uns erwartet … ich meine, was sie uns anbieten kann … global gesehen …«

»Du hast dich noch nie entblößt?«

»Nein.«

»Vor niemandem?«

»Nein.«

»Also du hattest nie solche Momente im Leben, wo du jemandem Lust verschafft und dich dabei ausgezogen hast?«

»Nein. Lust verschafft schon, aber nicht so!«

»So wie du das sagst, klingt es, als hätte ich eine dumme Frage gestellt, so als wärst du furchtbar klug und hättest immer nur vernünftige Sachen gemacht und ich nur Quatsch.«

»Überhaupt nicht, es gibt nur einfach Hunderte von Arten, jemandem Lust zu verschaffen, ohne sich auszuziehen.«

»Aber was spricht gegen Ausziehen?«

»Ich hatte so was einfach nie. Ich habe mich nie bewusst vor jemandem ausgezogen. Einfach so, spontan, vor dem Schlafengehen, das natürlich hundertmal. Aber bewusst, damit jemand anders mir zuschaut – nie.«

»Lass ihn doch in Ruhe.« Hot Dog kam Pepsi zu Hilfe. »Ich habe mich auch nie genusshalber extra vor jemandem ausgezogen … nicht mal vor meiner Mutter.«

»Was soll für deine Mutter denn daran lustvoll sein – ich meinte vor einer Frau.«

»Ich doch auch, ich wollte nur klarmachen, dass ich so was überhaupt nie gemacht habe. Kapierst du das?«

Zwei Typen brüllten mich an, wegen irgendeiner Kleinigkeit. Meine Freunde noch dazu. Wir waren nervös. Wir waren am Meer, in einem Urlaubsort, und trotzdem waren wir geradezu hypernervös. Dabei hatten wir noch überhaupt niemanden getötet. Aber wenn wir das erst hinter uns hätten, dann würden wir uns versöhnen. In der Zwischenzeit beschloss ich, meine Kränkung herunterzuschlucken und zu schweigen.

»Was willst du eigentlich von mir? Ich habe Ilsa einfach nur eine Frage gestellt!«

»Wenn du nicht willst, fahren wir eben mit ihr rum, du kannst ja hierbleiben und dich mit deiner Natascha an den Pool legen, aber wir müssen auch mal an die Zukunft denken, vielleicht auch mal ein bisschen Geld verdienen.«

Hot Dog stimmte in Pepsis absurdes Gezeter ein, ich schwieg. Ilsa kam mit einer kleinen Flasche Mineralwasser herein.

»Hier, trinkt.«

Sollen die anderen doch trinken. Ich werde nicht trinken, ich werde nur tanzen, töten und mich an den Pool legen ... obwohl es dann schon dunkel sein wird ... dann gehe ich eben in die Disco ... obwohl es da öde ist ... ich lege mich einfach ins Bett ... bei Natascha ... oder vielmehr ... das ist ja auch mein Zimmer ... ich gehe auf mein Zimmer ... und Natascha wird auch da sein.

»Also los, ich fange an und ihr macht einfach mit, seid ihr bereit?«

Ich konnte kaum so schnell aufspringen. Schon

spielte die Musik. Wir stürzten auf die Bühne hinaus. Alle im Saal sahen Ilsa an. Uns sah nur ein Mensch an: Natascha. Und sie fand uns sehr komisch. Ich dachte an die Wall Street, und schon sah ich Natascha nicht mehr. Ich schaute durch sie hindurch, mit dem Blick eines Mannes, der eben acht Gläser heiße Milch ausgetrunken hat. Natascha lachte trotzdem. Und ich bemerkte es, obwohl ich durch sie hindurchschaute. Wir fingen an zu tanzen. Natascha tat, als würde sie etwas von ihrem Teller picken. Andernfalls wäre sie glatt vom Stuhl gefallen vor Lachen. Aha, neben ihr saß ein Mann. Ich machte die einstudierten Schritte vor und zurück und schaute noch einmal zu ihr hin. Ja, neben Natascha saß ein junger Mann, ein kräftiger Blonder. Sicher ein Deutscher. Vielleicht hatte er sich einfach dort hingesetzt, wo noch ein Platz frei gewesen war. Obwohl Natascha ihn sicher absichtlich an ihren Tisch geholt hatte – wegen des Alibis. Wieder nach vorn, und wieder zurück. An der Wand hing eine Uhr. Viertel vor zehn, Gary Cooper. Mach es kurz, Gary Cooper! Ilsa ließ ihren Rock fallen und fing an, sich unglaublich zu winden. Wie das für die Zuschauer aussah, weiß ich nicht, aber ich sah alles! Oder vielmehr nur Ilsa, aber die vollständig. Oh, Pepsi und Hot Dog hatten ja schon ihre Sakkos ausgezogen. Ich beeilte mich, ihren Vorsprung aufzuholen, während Ilsa schon irgendwem ihr Bein auf den Tisch gestellt hatte und sich den ersten Strumpf auszog. Auf die Plätze, fertig … llllos!, kommandierte ich im Geist, und genau als Ilsas Strumpf in einem Teller landete, riss ich mir die Hose vom Leib. Es ist erstaunlich, aber wenn man keinerlei Erfahrung mit öffentlichen Auftritten hat, dann ist es völlig egal, ob man eine Hose dabei anhat oder nicht. Nackt ist es sogar einfacher, weil man dann auf jeden Fall etwas zu bieten hat, was die Blicke auf sich zieht und zumindest irgendwie Gefallen findet. Ein Debüt ohne Hose kommt immer besser an – das wussten auch schon Madonna und Sylvester Stallone. Ilsa brauchte ganz schön lange, jetzt war sie endlich beim zweiten Strumpf angekommen – wir warfen unsere Hemden ab. Danach sollten wir einfach unserer Intuition folgen und uns zwischen den Tischen durchschlängeln. Die Türken verstanden erst nicht, wieso wir da zwischen ihnen herumliefen. Die Ausländer verstanden sehr wohl, taten aber so, als wären sie vollauf mit ihrem Essen beschäftigt. Besonders gut waren die Deutschen darin – sie verkrochen sich völlig in ihren Tellern, und wir wollten schon ins Hinterzimmer verschwinden, da beugte Natascha sich zu mir vor und steckte mir fünf Euro in die Badehose. Der harte Geldschein piekste mir in die intimen Partien. Irgendwann hatte ich mal gelesen, dass sich auf jedem zehnten Euroschein Spuren von Kokain fanden. Hoffentlich war das hier kein jeder zehnter, das hätte mir gerade noch gefehlt, mir hier irgendwas einzufangen, aus einem fremden Junkie-Nasenloch. Wir sammelten im Tanzen unsere Kleider auf und verschwanden. Ilsa tanzte die Nummer zu Ende. Wir standen hinter dem Türspalt und beobachteten Ilsa und die Reaktion des Publikums.

»Zehn vor, Hot Dog.«

Ach so, Pepsi hatte auf die Uhr an der Wand des Restaurants geschaut. Ihn interessierte das Publikum nicht und Ilsa genauso wenig. Hot Dog trank die kleine Wasserflasche aus, die die fürsorgliche Ilsa uns mitgebracht hatte, schlüpfte in seine Kleider und lief in die Sauna. Ilsa kam hereingelaufen.

»Na, was sagst du?«

»Wasser!«

»Schon alle.«

»Ahhh ...«

Ilsa lief in die Restaurantküche. Wir spähten wieder nach draußen – die Leute aßen. War das gut? Schwer zu sagen. Zumindest waren sie nicht gegangen, also war wohl alles okay. Ilsa kam zurück.

»Alles okay. Sehr gut wart ihr. So, als Nächster bist du dran, Pepsi. In zwei, drei Minuten. Du kannst dich schon umziehen.«

Pepsi stieg in seine Shorts und die Weste.

»Die Musik setzt ein, du trittst auf, und du hast von Anfang an diesen Blick, so eine schwelgerische Sehnsucht, und das Bedürfnis, entgegenkommend zu sein, weil man dir auch entgegengekommen ist ... Wenn der DJ dein Stück auflegt, gehst du raus, zwischen den Nummern sind nur fünf Minuten Pause, sobald ihr eure Musik hört, geht ihr auf die Bühne. Wer kommt als Nächster nach dir? Wo ist Hot Dog?«

»Als Nächster komme ich – Hot Dog hat die Aufregung ein bisschen auf den Magen geschlagen.«

»Er ist pinkeln gegangen.«

»Ein bisschen?«

»Na ja ... das kriegen wir schon hin ... klare Sache ... mach dir keine Sorgen.«

»Ich mache mir gar keine Sorgen, mein Lieber, nur ihr seid auf einmal so besorgt.«

Die Musik setzte ein, Pepsi machte sich auf Richtung Bühne und blieb sofort wieder stehen. Es lief weder »Wanderful laif« noch »Pörfekt dej«. Der DJ hatte Shakira aufgelegt, »Wenewer, werewer«, einen alten, schnellen Latin-Song.

»Los, los, weiter!«

»Das ist nicht meine Musik.«

»Das ist doch egal! Die Choregrafie steht, der Tanz ist derselbe! Wenn du zählst, kannst du auch ohne Musik tanzen!«

Ilsa schubste Pepsi in den Saal hinaus und machte die Tür zu. Weder sie noch ich wollten zuschauen. Von draußen hörte man Applaus, erst vereinzelt, aber dann immer lauter. Okay, wir waren eben auf der Höhe unserer Zeit ... und wenn man überlegte, was wir so alles gesehen und gehört hatten ... was für uns selbstverständlich war ... das reichte natürlich locker für einen Applaus in diesem türkischen Restaurant ... klar ... aber hoffentlich beschränkte Pepsi sich da draußen aufs Tanzen ... schließlich brauchte ich ihn noch ... er würde gleich den Bogen halten müssen.

»Hör mal ...«

»Ja, Ilsa?«

»Das Geld, das du da ...«

»Ach ja, fünf Euro haben sie mir zugesteckt, ist das gut?«

»Gib sie erst mal mir, wir schmeißen alles zusammen, und später teilen wir.«

»Natürlich, klar.« Ich gab Ilsa die fünf Euro, es waren ja auch nur fünf Euro. Wir würden viel mehr verdienen heute, dachte ich. Und es gab keinen Grund, zu erwähnen, dass Natascha mir das zugesteckt hatte.

»Okay, das ist ja nur der Anfang. Hörst du, wie die klatschen? Jetzt sind sie warm geworden, die fahren noch richtig drauf ab, du wirst sehen.«

»Und wann fährst du ab?«

»Was meinst du?«

»Wann du wieder wegfährst von hier.«

»Ah … ich bleibe noch ein bisschen … drei, vier Tage vielleicht … mal sehen … dann fahre ich nach Hause …«

»Mit dem Taxi?«

»Wieso mit dem Taxi? Nein, mit dem Flugzeug – nur habe ich bis jetzt kein Geld für das Ticket! Tja, so ist das …«

»Wir haben auch noch kein Rückflugticket …«

»Na, ihr seid doch coole Jungs, ihr kauft euch schon noch eines … erst macht ihr Urlaub, und dann kauft ihr ein Ticket.«

»Vielleicht tun wir uns zusammen?«

»Aber wann … ich meine, wohin … was meinst du überhaupt mit zusammentun?«

»Wohin fliegst du denn?«

»Nach Hause … Ich muss erst mal nach Hause, nach Tallinn, und dann zum Studium, das ist mein letztes Jahr an der Uni, darüber können wir uns gern noch unterhalten irgendwann, wir bleiben ja in Kontakt, es gibt doch Internet und Mobilfunk, SMS, kriegst du gern SMS? Wir können gleich noch unsere Nummern austauschen.«

»Ich habe kein Handy.«

»Du hast kein Handy? Wieso das denn?«

»Ich glaube an die unmittelbare menschliche Kommunikation.«

»Aber per Handy können wir doch auch kommunizieren, und das ist so praktisch! Du musst dir unbedingt eines kaufen, am besten hier, in der Türkei, oder am Flughafen im Duty-Free. Im Duty-Free kann man sowieso am besten einkaufen, die Zigaretten sind billiger, jede Menge Kosmetik- und Parfümproben gibt es auch, man kann sich umsonst schminken, aber vor allem musst du dir ein Handy kaufen. Worauf es für dich ankommt, ist die Tastatur, dass die bequem zu bedienen ist, Kamera brauchst du nicht unbedingt, oder kauf dir doch eins mit Kamera, dann kannst du mir ein Foto von dir schicken, wir können uns schreiben und telefonieren, erst recht innerhalb von Moskau, da ist das ja ganz billig.«

»Wieso Moskau?«

»Seid ihr nicht aus Moskau?«

»Nein.«

»Hmmm, also einer von euch hat mir gesagt, ihr wärt aus Moskau … na egal, trotzdem, SMS sind ja immer gleich billig. Wir können uns auf jeden Fall schreiben, ich in meinem Tartu und ihr in eurem Tartu, selbst wenn eures in Kolumbien liegt.«

»Du fährst also erstmal nach Tartu zurück und machst dein Studium fertig?«

»Ja, und dann kommen die Prüfungen und so weiter, und im Sommer fahre ich dann wieder ans Meer.«

Ich begriff, dass es aussichtslos war, jetzt mit Ilsa reden zu wollen. Vielversprechender wäre es, sich wirklich ein Handy zu kaufen und ihr endlose Nachrichten zu schicken, dabei würde wesentlich mehr herauskommen als bei dieser Unterhaltung von Angesicht zu Angesicht.

»Und weißt du, auch wenn du noch kein Handy hast, kannst du ja jederzeit ins Internet gehen und mir schreiben! Meine Adresse ist ganz simpel. Wenn du Sehnsucht nach mir hast oder ich nach dir, schreib mir einfach eine Mail, das wird prima, also meine Adresse ist Stoffgiraffe Klammeraffe jahu dot kom.«

Die Tür ging auf, herein kam Pepsi, von tiefer Stille begleitet. Er genierte sich selbst vor uns nicht mehr – langsam zog er seine Badehose an, setzte sich auf einen Stuhl und bat um Wasser.

»Na hör mal ... also, Wasser kriegst du in der Küche drüben, aber die Badehose lässt du in Zukunft besser an, du machst schließlich nur Striptease! Einzeln kannst du jemandem was zeigen, gegen einen Sonderzuschlag, du kommst an den Tisch, jemand zieht an deiner Hose und guckt rein, aber einzeln, unter vier Augen – so kriegst du mehr Geld zusammen. Ist es gut gelaufen?«

»Ja. Ich habe allen alles gezeigt, und deshalb hat mir keiner einzeln was gegeben. Na ja, eine Erfahrung mehr, nächstes Mal bin ich schlauer.«

Pepsi zog seine Hose an und ging Wasser trinken.

»Dir ist klar, worum es geht?«

»Ja.«

Allen ist alles klar –
Unser Unglück liegt genau da.

Dieses Gedicht hatte Hot Dog geschrieben, nachdem die Einberufungskommission beim Wehrkommando ihn gefragt hatte, ob ihm klar sei, warum er nie in der Armee dienen würde.

»Okay, mein Lieber, weißt du noch deine Rolle?«

»Ja ... also ...«

»Dir liegen alle zu Füßen, du ziehst dich ganz langsam aus, die Handschuhe, den Zylinder, du bist die Laszivität in Person, du schleichst dich mit einem listigen Zwinkern in ihr Herz, du musst sie packen ...«

»Ohne dich wird das trotzdem alles nichts, Ilsa.«

»Gar nicht wahr, Anfänger haben immer Glück.«

»Das ist ein Mythos.«

»Mmmm, du wirst schon sehen, alles klappt wie am Schnürchen.«

Pepsi kam zurück.

»Ist Hot Dog aufgetaucht?«

»Nein.«

»Er muss jeden Moment da sein.«

»Sollen wir ihn vielleicht holen?«

Ilsa machte sich langsam Sorgen – das war uns gar nicht recht.

»Ach wo, wir bleiben lieber hier!«

»Ja, aber vielleicht ist er so nervös geworden, dass er jetzt gar nicht mehr rauskommt?«

»Er taucht schon noch auf, und in der Zwischenzeit tanzen wir eben.«

Pepsis Stimme bekam wieder diesen unverschämten Ton, und Ilsa beruhigte sich. Draußen setzte »Money« ein, aber irgendwie traute ich mich auf einmal nicht mehr allein auf die Bühne.

»Geh schon!«

»Los ...«

Ilsa und Pepsi fassten mich unter den Armen und stießen mich buchstäblich durch die Tür. Ich stand Auge in Auge mit dem Publikum. Es war zwar nicht mehr meine allererste Bühnenerfahrung, aber eine Solonummer ist trotzdem eine große Verantwortung. Die Musik entpuppte sich als grottenlangweilig. Liza Minelli war in dem Film damals so munter dazu herumgesprungen, und Ilsa hatte mir auch genau erklärt, was ich machen sollte und wie, aber irgendetwas in mir, ganz tief drinnen, hatte sich verkrampft. Eine halbe Strophe lang rührte ich mich nicht vom Fleck. Dann dachte ich, vielleicht ziehe ich mal den Frack aus, für den Anfang. Zum Ausziehen schaltete ich meine eigene innere Musik ein – im Geist hörte ich jetzt Depeche Mode, und zwar mein Lieblingsstück »Endschoi se sailens«. Zu diesem Lied fing ich an, mich auszuziehen. Für die Gäste gab es nichts anderes zu gucken, also schauten alle mich an. Ihre Gesichter waren, na ja, eigentlich ganz zufrieden. Ich begriff, dass es völlig egal war, was man vorher gemacht hatte, ob man Präsident war oder Direktor eines Atomkraftwerks oder was auch immer, entscheidend war nur, dass sich Leute fanden, die einen an den Ellbogen packten und an den richtigen Platz schubsten. Und dann war natürlich auch wichtig, dass man sich ganz tief drinnen entspannte, aber das passierte automatisch, wenn man im Geist die richtige Musik hörte. Als ich die Handschuhe auszog, gehörte der Saal schon mir. Es lächelten die Türken, es lächelten die Deutschen, und die Vertreter der übrigen EU-Länder lächelten auch. Ich war geradezu ein Symbol der Globalisierung, die von Tisch zu Tisch glitt und in ihrer Badehose die gemeinsame europäische Währung einsammelte. Und das Erstaunliche war, dass im selben Moment, exakt in diesem Moment auch der Schiedsrichter sich auszog, weil er gedachte, seine Freizeit sinnvoll zu nutzen und sich massieren zu lassen, während ich, der Mann, der seinem Leben ein Ende machen würde, Striptease tanzte. Verblüffend. Und was tat in diesem Moment wohl derjenige, der auf mich einst einen Pfeil abschießen würde? Hoffentlich etwas Vernünftiges. Mit solchen Gedanken lenkte ich mich ab und hielt durch bis zum Ende. Allerdings nicht bis zum Ende des Stücks. Ich hatte nur noch die Badehose an, und in der steckte schon einiges drin. Ich brauchte gar nicht auf das Ende zu warten, sondern konnte gleich verschwinden.

Ich stürmte ins Hinterzimmer. Ilsa saß in einer Ecke und kapierte überhaupt nichts. Mitten im Raum stand Hot Dog, völlig nassgeschwitzt und rot. Pepsi drückte meine Jacke gegen die Brust und regte sich auf.

»Hast du mich nicht gesehen, Mann, ich habe dir zugebrüllt, du sollst Schluss machen!«

»Das habe ich nicht gehört, du hättest ja Hot Dog rausschicken können.«

»Ich habe doch meinen eigenen Tanz, wie hätte ich das denn machen sollen, meine Choreografie passt doch nicht zu deiner Musik!«

»Schon gut, okay, ist er da?«

»Ja. Er liegt schon auf dem Massagetisch und wartet, beeilt euch! Eine Hitze ist das da – als ich reinkam, dachte ich, das ist wie in jeder Banja und habe einen Schwung Wasser auf den Ofen gekippt, aber das war vielleicht ein Dampf ... ich habe es kaum ausgehalten!«

»Wo geht ihr hin, Jungs?«

Ilsa wollte sich Klarheit darüber verschaffen, was eigentlich los war. Wir antworteten im Chor:

»Pinkeln!«

Hot Dog blieb zurück, um das Show-Programm mit Ilsa fortzusetzen, und Pepsi und ich suchten unser eigentliches Reiseziel auf.

»Wer weiß, vielleicht ist der Masseur inzwischen schon da! Hättest du nicht schneller fertigtanzen können?«

»Um den kümmere ich mich schon.«

»Hör mal, ein Blutbad richten wir da aber nicht an, ja?«

»Hast du nicht gesagt, dass man hier für so was hingerichtet wird, auch wenn es nur einer ist? Dann ist es doch egal, wie viele wir umlegen!«

»Nicht mit mir, ich lege überhaupt niemanden um außer dem Schiedsrichter.«

Wir rannten zum Fitnessraum, der auf derselben Etage lag wie das Restaurant, nur am anderen Ende.

»Okay, also wenn Leute da sind, schalten wir das Laufband ein, als wären wir deswegen gekommen. Wir laufen eine halbe Minute, und ab unter die Dusche – quasi.«

»Alles klar.«

Doch der Fitnessraum war zu unserem Glück leer. Wir packten den Bogen aus, ich holte den Pfeil aus dem Jackenärmel. Die Jacke warfen wir auf irgendein Fitnessgerät. Auf dem Rückweg würden wir sowieso wieder hier vorbeikommen.

»Glück gehabt, alle sind beim Essen. Also, es muss alles ganz schnell gehen. Ich mache die Tür auf, du läufst sofort rein, gehst auf ein Knie und hältst den Bogen ganz fest, damit er nicht einknickt. Ich lege den Pfeil auf und stelle die Zielrichtung ein. Das heißt, du musst das Knie so aufsetzen, dass ich dich drehen kann. Ich ziele und schieße. Den Bogen nehmen wir wieder mit.«

»Wieso lassen wir den nicht einfach am Tatort liegen, wie richtige Profis?«

»Wir sind Amateure, Pepsi. Profis werden nach der Tat selber umgelegt, also ist es besser, ein Amateur zu sein.«

Wir unterhielten uns und dachten überhaupt nicht darüber nach, was wir tun würden, wenn plötzlich jemand in den Fitnessraum kam. Obwohl ich im Hinterkopf durchaus einen Plan für diesen Fall parat hatte – aber wir hatten nur einen Pfeil, und der war für den Schiedsrichter.

Wir gingen an den Duschen vorbei. Dahinter kam die Sauna. Am Empfang, vor dem Kosmetikstudio und der Sauna, saß ein junger Türke. Er spielte gerade ein Spiel auf seinem Telefon. Wir bogen ab und gingen an den Garderobenschränken entlang. Praktisch alle standen offen, bis auf zwei. Hier zog man sich offenbar um vor der Sauna. Und da war auch schon die Tür, die wir suchten. Ich öffnete sie mit einem heftigen Fußtritt. Im selben Augenblick stürzte Pepsi hinein und tat vermutlich das, worum ich ihn gebeten hatte, er ging auf ein Knie, nur konnte ich das leider nicht erkennen, weil die ganze Sauna voller Dampf war. Wahrscheinlich hatte der gute Hot Dog es mit den Aufgüssen etwas übertrieben – wovor er uns ja auch zaghaft zu warnen versucht hatte. Ich tastete nach Pepsi. Wie er sich wohl fühlte? Er rechnete jede Sekunde damit, dass ich ihn in die Zielrichtung drehen und schießen würde, aber ich hatte keine Ahnung, wo er überhaupt war.

Endlich ertastete ich Pepsis Haare, okay, der Bogen musste also etwas weiter vorne sein – richtig. Ich legte den Pfeil irgendwo auf und spannte irgendwas. Jetzt musste ich nur noch herausfinden, wo der Schiedsrichter war. Dampf, Dampf, überall Dampf. Plötzlich hörte ich Wasser plätschern, am anderen Ende der Sauna hatte jemand eine Dusche aufgedreht. Dass es hier eine Dusche gab, hatte mir keiner gesagt. Und sollte der Kerl nicht eigentlich auf dem Massagetisch liegen? Ach, wie praktisch wäre das, wenn man alles sehen und ihm einfach diesen Pfeil mitten in seine kahle Rübe jagen könnte. Aber Moment, vielleicht ist das ja gar keine Dusche. Vielleicht ist ihm einfach zu heiß geworden, er ist aufgestanden, hat eine Kelle genommen und sich mit kaltem Wasser begossen, ja,

Wasserhähne gibt es hier tatsächlich ... keine Dusche, aber Wasserhähne ... auf jeden Fall wäscht sich da irgendwer, so viel steht fest ... okay, da sind seine Beine, wie groß ist der denn ... Ich brachte den Raketenwerfer »Pepsi« in Stellung. Ich richtete ihn auf das Plätschern und spannte die Sehne bis zum Anschlag.

»Halt fester.« Der Bogen knickte in der Mitte ein, so was Unpraktisches, dieser kaputte Bogen, na warte, Retik, dich linke ich mit deinem Kaviar aber genauso ...

»Ich halte ja, mach schon ...«

Ich spannte die Sehne noch einmal und überlegte dabei die ganze Zeit: Warte ... wie groß ist der denn ... wenn das die Beine sind, dann ist da der Bauch ... wir schießen ihm ins Herz ... oder ist da eher der Kehlkopf ... na egal, das kommt aufs selbe raus ... Ich spannte die Sehne mit aller Kraft und schoss den Pfeil ab. Wir hatten keine Zeit mehr, abzuwarten und nachzusehen, und einen zweiten Pfeil für den Kontrollschuss in den Kopf hatten wir ohnehin nicht dabei. Wir stürzten aus der Sauna, liefen wieder durch den Fitnessraum und ins Restaurant zurück.

»Hast du was gehört?«

»Was?«

»Na irgendwas, ein Stöhnen, einen Schrei, ein Röcheln, was man eben so hört, wenn man jemanden erschießt?«

»Wenn man alles exakt und richtig macht, gibt es gar kein Geräusch.«

»Das heißt, wir haben alles richtig gemacht?«

»Philosophisch betrachtet?«

»Nein, konkret.«

»Wir haben es so gemacht, wie wir es eben gemacht haben, besser ging es nicht, dafür kannst du dich bei Hot Dog bedanken.«

Wir kamen in die Garderobe, ließen den Bogen hinter das Fass fallen und setzten uns hin, um zu verschnaufen. Hot Dog anzuschreien und ihm Vorwürfe zu machen, dafür fehlte uns einfach die Kraft, außerdem hatte ja bestimmt alles geklappt.

»Ilsa tanzt gerade, total geil, ein richtiger Bauchtanz …«

»Sehr gut, dann spring mal rüber und hol uns Wasser.«

»Kommt sofort.«

Hot Dog war klar, dass wir jetzt die Chefs waren, und er gehorchte. Ich sah Pepsi an. Er sah sehr ernst aus. Wir hatten keine Lust zu reden. Wir warteten einfach, bis Hot Dog mit dem Wasser kam. Als er zurück war, tranken wir und warteten auf Ilsa.

»Und?«

»Alles erledigt.«

»Krass!«

Die Musik war zu Ende. Ilsa tanzte immer bis zum Ende des Stücks. Ein echter Profi. Sie kam ins Zimmer gelaufen und sagte, wir müssten raus, uns verbeugen. Wir schlüpften in unsere Wall-Street-Kostüme und gingen uns verbeugen. Der türkische DJ erklärte, die Veranstaltung sei beendet. Das konnte man auch ohne Übersetzung verstehen. Dem Publikum hatte es gefallen. Einige klatschten heftig. Natascha klatschte nicht, Natascha schaute mich nur an. Ich nickte ihr zu, da fiel sie in den Applaus ein. Wir liefen uns umziehen.

»Okay, Jungs.« Ilsa sammelte das Geld ein und erteilte Befehle. »Wir müssen warten, bis der Restaurant-Manager Zeit hat, mit mir abzurechnen, danach teilen wir alles. Wir treffen uns in einer halben Stunde bei den Sofas, ihr kennt doch diese Bar mit den Sofas und den Kissen … die am Pool … mit Blick auf den Pool … draußen?«

»Kennen wir, ja.« Wir nahmen unsere Sachen und gingen. Nach draußen. In ausgerechnet diese Bar. Wir ließen uns auf die Sofas fallen – sogar ich ließ mich auf ein Sofa fallen, es gibt solche Momente, da ist es egal, worauf man sitzt. Wir schwiegen immer noch, aber alle schienen zufrieden zu sein. Ich ergriff als Erster das Wort.

»Perfekt. Sehr präzise Arbeit war das.«

»Aber sag mal, Hot Dog, da war alles voller Dampf, wie viel Wasser hast du denn da auf die Steine gekippt? Alles voller Dampf! Ich habe überhaupt nichts gesehen.«

»Ich auch nicht, aber du hast doch gehört, wie er sich gewaschen hat?«

»Ja, da stand einer in der Ecke, dahin hast du ja auch mit mir gezielt.«

»Das war ein Versehen mit dem Dampf, und dann kam auch noch dieser Glatzkopf rein und hat noch einen Aufguss gemacht … Ehrlich, Jungs, ich wusste das doch nicht. Der Dampf war nur zur Hälfte von mir, den Rest hat der Schiedsrichter gemacht … als hätte er es geahnt und wollte, dass es schwieriger wird.«

»Okay, okay, reg dich nicht auf. Es ist ja alles in Ordnung. Wenn es schiefgegangen wäre, dann müsstest du dir jetzt schon was anderes einfallen lassen …«

Schon lachten wir wieder. Ilsa ließ auf sich warten. Wir tranken einen Cognac, und dann noch einen Cognac. Langsam hätte sie mal auftauchen können.

Aber wir fühlten uns wohl miteinander in diesem Moment … nur wir drei … sehr gut …

»Besser als im Kino, ehrlich!« Natascha tauchte auf und lobte uns, weil wir sowohl ganz gut getanzt als auch den Schiedsrichter erschossen hätten. Mit Natascha waren wir mehr Leute, also tranken wir noch mehr. Nach der zweiten Flasche *Remy Martin XO* hatten wir völlig vergessen, warum wir in dieser kleinen Bar mit den Ekelsofas saßen. Welche Ilsa denn, und wozu brauchten wir Geld? Wir hatten doch eine Karte, die magische Karte des Hotels *Olissipo,* wenn man die hatte, brauchte man kein Geld – mit ihr wurden wir edle Ritter, die einfach nur einem baltischen Mädchen aus der Patsche geholfen hatten. Wir hatten Striptease getanzt, aber statt Geld dafür zu verlangen, hatten wir ihr großzügig erlaubt, uns zu betrügen und abzuhauen!

»Ich hab's doch gesagt, all diese Völker, Nordmeerbewohner, die fördern den Bernstein …« Natascha verfiel plötzlich in ein altgriechisches Versmaß, und gleich darauf fing sie an zu fluchen – aber irgendwie fröhlich, ganz ohne Hass. Sie schimpfte über Ilsa, über ihre Nation, und darüber, dass wir langsam mal erwachsen werden und gefälligst Geld verlangen sollten, bevor wir uns auszogen.

»Vielleicht sollten wir Champagner bestellen? Ich mag keinen Cognac mehr!« Pepsi schlenderte zum Tresen hinüber und Natascha schrie ihm hinterher:

»Champagner gibt es nur in Frankreich, Pepsi. Genau das musst du bestellen, Champagner, alles andere ist Pepsi. Champagner gibt es nur in Frankreich!«

»Okay, braser, frentsch schempejn, fri batls! No … for batls.« Pepsi packte den Champagner, Hot

Dog packte mich und Natascha, und auf einmal waren wir am Strand.

»Vielleicht sollte einer zurückgehen, vielleicht kommt Ilsa ja gleich, das geht doch nicht …« Ich wollte vom Meer weg, weil mir plötzlich wieder eingefallen war, dass Ilsas Freunde genau auf diese Weise ertrunken waren, vielleicht war das ja das Schicksal aller betrunkenen Tänzer, die auf Geld von Ilsa warteten, erst tranken sie und dann ertranken sie, bevor sie irgendwelches Geld zu sehen kriegten.

»Eure Ilsa ist längst zu Hause und trinkt Vana-Tallinn-Likör, aber die werden wir uns schon krallen, mich hat noch keiner ungestraft verarscht! Hast du ihre Adresse?« Natascha schoss mir einen *Moet-et-Chandon*-Korken gegen den Bauch und ich erinnerte mich:

»Stoffgiraffe Klammeraffe Jahu Punkt komm.«

»Sehr gut! Morgen hauen wir ab nach Hause, bevor die sich hier in die Fahndung stürzen, aber von zu Hause aus finde ich die schnell im Internet!«

Wir ertranken nicht, einfach weil wir es gar nicht mehr bis ins Wasser schafften. Etwa zehn Schritte davon entfernt schliefen wir ein – auf dem nackten Sand. Am nächsten Morgen war Natascha wieder die normale Natascha, sie weckte alle und schickte uns duschen, sie brachte uns dazu zu frühstücken, zu packen und aufzubrechen. Wir fuhren Aufzug, nach Hause, und ich erinnerte mich, was ich geträumt hatte. Ich hatte geträumt, dass Natascha ins Internet ging, sie sprang in ihren Computer hinein und suchte in den Tiefen des Netzes nach Ilsa, die gerade einen Striptease für alle Internetnutzer tanzte. Natascha packte Ilsa an ihren langen, schönen Haaren …

»Komisch, wieso ist alles so ruhig?« Pepsi war sehr angespannt, weil er keine Zeit mehr gehabt hatte, auf die Toilette zu gehen, und weil er damit rechnete, dass man uns doch durchschaut hätte und und wir gleich, wenn die Aufzugtür aufging, von der türkischen Polizei überwältigt würden, wie im Film.

»Wir sind nicht im Film, Pepsi, das hier ist das richtige Leben! Welches Hotel wird das an die große Glocke hängen, wenn in seiner Sauna Leute mit Pfeilen an die Wand genagelt werden? Wer soll denn dann noch hier Urlaub machen? Die Türken haben sowieso zu kämpfen im Moment, ihr ganzes Tourismusgeschäft geht den Bach runter …« Noch ehe ich Pepsi wirklich beruhigen oder mich an den Rest meines Traums erinnern konnte, blieb der Aufzug stehen. Wir gingen an die Rezeption, Natascha verlangte die Rechnung und holte aus ihrer Tasche den Umschlag mit dem Geld – die Dollars, mit denen wir, wie sie behauptet hatte, »das Hotel bezahlen können, und für den Rückflug reicht es auch noch!«.

»Unser Flug ist um eins, ich habe per Internet reserviert – es gibt noch Plätze, wir müssen nur früh genug am Flughafen sein, um die Tickets zu kaufen.« Der türkische Portier reichte Natascha ein großes Blatt mit der Rechnung. Natascha fing an, ihr Geld zu zählen, ohne auf die Rechnung zu schauen, und redete dabei weiter mit uns.

»Im Duty Free kaufen wir noch Cognac, der ist da dreimal billiger als bei uns im Laden, und wenn man dann noch bedenkt, dass der Cognac bei uns im Laden prinzipiell gefälscht ist, dann ist das wirklich nicht schlecht, und außerdem können wir auch noch …«

»… ein Telefon kaufen im Duty Free …« Ich hatte

Natascha unterbrochen, sie verzählte sich und schaute endlich auf das Blatt, das der Türke ihr hinhielt, um zu sehen, wie viel genau wir bezahlen mussten.

»Was ist das denn?« Wir schauten Natascha an und begriffen, dass sie das zwar auf Russisch, aber nicht zu uns gesagt hatte, sondern zu dem Türken. Der Türke lächelte, er tippte mit seinem Stift auf die Zahlenkolonnen und erklärte Natascha irgendwas auf Englisch. Natascha wurde immer blasser.

»Was ist denn los?« Hot Dog wurde nervös, Pepsi verspannte sich noch mehr und sah gar nicht mehr wie ein Mensch aus. Ich machte mich fluchtbereit.

»Sagt mal ... was ... was habt ihr denn hier alles mit dieser Karte bezahlt?!«

»Mann, Natascha, das ist doch nur eine Karte, das ist doch kein Geld.« Ich wusste genau, wovon ich redete, denn Geld war in meiner Vorstellung eben Geld, und eine Karte konnte kein Geld sein – das war nur eine Hotelkarte.

»Diese Schweine! Das ist doch ... die haben doch ... Auf der Karte steht doch alles, was ihr bestellt habt, und das haben sie uns auf die Rechnung gesetzt. Was habt ihr denn da alles bestellt? Wartet mal ... das ist die Minibar, was, so teuer ist die? ... dann der Cognac ... na ja, der Cognac, okay ... und der Champagner ...«

»Das kann doch gar nicht so viel sein.« Es war Hot Dog, der das sagte, er hatte die Karte ja auch wirklich fast nicht benutzt, Pepsi und ich dagegen ...

»Pepsi und du dagegen! Und was habt ihr euch dabei gedacht?! Für Hot Dog brauchen wir ja nicht mal zu bezahlen, aber trotzdem bleiben uns gerade mal 25 Dollar, wenn ich das jetzt alles bezahle!!! Das ist doch ein Fünf-Sterne-Hotel hier, hier kann man nicht einfach irgendwas kaufen, die schlagen auf alles was drauf … Dass die so viel draufschlagen, das hätte ich aber auch nicht gedacht … das verstehe ich nicht … ist das hier der Champagner, der so viel kostet … wie kann denn das sein … wo ist er denn … haben wir den ausgetrunken?! Warum habt ihr nicht irgendeinen doofen *Martini Asti* genommen?«

»Weil der aus Italien ist, und du wolltest französischen … echten Champagner …«

»Sag mal, wo lebst du eigentlich, Pepsi?! Echten … es gibt schon lange nichts Echtes mehr! Wie furchtbar … wie kann man bloß so viel kosten?! Für das Geld kann man ein Auto kaufen! Ein gutes! Einen Unfallwagen! Ich weiß nicht mal mehr, wie er geschmeckt hat, also wofür bezahle ich eigentlich?!«

»Dann bezahl eben nicht, komm, wir hauen einfach ab, das merkt doch keiner …« Pepsi flüsterte kaum hörbar und obendrein auf Russisch, aber der Türke wurde sofort argwöhnisch.

»Es hat aber schon einer gemerkt! Der weiß doch jetzt, dass wir abreisen wollen! Sonst hätten wir einfach gehen können und fertig, aber dann hätte das gar nicht nach Abreise aussehen dürfen …« Natascha regte sich furchtbar auf, weil sie wusste, dass wir zahlen mussten, daran führte kein Weg vorbei. »Und womit kaufen wir jetzt unsere Tickets? Wie sollen wir nach Hause kommen ohne Geld, wie soll das denn gehen?«

Ich spürte, dass mich jemand ansah, dafür habe ich ein Gespür – wenn mich jemand anschaut, spüre ich das sofort und drehe mich um. Es war Retik, der mich ansah. Er stand am anderen Ende der Rezeption und tat, als würde er telefonieren, obwohl das gar nicht stimmte, er schaute mich einfach nur mir diesem schlauen Blick an und lächelte. Er hatte unsere Situation anscheinend genau erfasst – aber ich erfasste seine auch …

»Es geht – über Baku!«

»Wie?«, fragte der Chor, und ich sagte es noch einmal. »Nach Hause fliegen wir über die Republik Aserbaidschan mit ihrer Hauptstadt Baku.«

* * *

Epilog

Eigentlich ist es in Baku ziemlich warm, im Moment allerdings spüren wir davon nichts – Pepsi, Hot Dog, Natascha und ich sitzen im Kühlraum und warten darauf, dass der schwarze Kaviar in unseren Plastikwesten gefriert, und unser Körper auch. So tief, dass er während des Fluges von Baku nach Antalya nicht verdirbt. Am Zoll hält uns niemand auf, das Kaviargeschäft ist wie die EU, stellt sich heraus – man kann sich mit allen einigen, es gibt keinerlei Hindernisse – solange man zumindest in einem Land eine bestimmte Steuer dafür zahlt. Retiks Onkel ist ein erfahrener Mann, er kennt sich aus im Orient. Richtig erklärt hat er uns allerdings nicht, warum es nötig ist, dass wir mit dem Kaviar zusammen im Kühlraum sitzen – ehrlich gesagt, haben wir ihn auch gar nicht danach gefragt, eben weil er so erfahren ist. Wir haben nur in seine dunklen Augen mit den weißen Brauen darüber geschaut, in sein Gesicht mit der Dolchnarbe, und sind stumm in die Kältezelle geschlurft. Übrigens ist diese Zelle riesig – Retiks Onkel ist Restaurantbesitzer, und wenn es in Baku sehr heiß ist, benutzt er sie als Büro, dann sitzt er dort und trinkt Tee und erklärt uns die Welt.

»Ihr versteht nicht … rein gar nichts versteht ihr … weil ihr dauernd irgendwem etwas beweisen wollt. Aber das ist nun mal das Leben, da kommt es mal so und mal so, immer wieder anders, aber solange noch Zeit ist, muss man leben.«

Im Restaurant des Onkels wird ständig irgendeine Hochzeit gefeiert, mit Volksmusik ... Heute hat er uns einen Fernseher in die Zelle gestellt und wir können beim Einfrieren Fußball gucken. Als wir das erste Mal nach Baku geflogen sind, haben wir uns wie Sklaven gefühlt, aber inzwischen kommt mir das alles wie ein spannendes Abenteuer vor, und ich habe so ein Gefühl, dass mein Leben sich bald von Grund auf ändern wird – oder nein, das stimmt nicht ganz – im Lauf dieser Jagd auf den Schiedsrichter habe ich langsam vergessen, wie das ist, normal zu leben, wie alle Leute, normal zur Arbeit zu gehen, in irgendeiner Stadt zu leben und sich dort zu Hause zu fühlen ... Das alles fällt einfach von mir ab, und darüber bin ich wahnsinnig froh. Retik hat versprochen, uns zu bezahlen, wenn wir »vielleicht viermal« nach Baku geflogen sind. Wir fliegen in die Türkei, geben den Kaviar bei Retik ab, ruhen uns einen Tag aus und fliegen wieder zurück nach Baku. Auf diese Art versuchen wir, das Geld für unseren Rückflug zu verdienen.

»Oh, schaut mal, unser Schiedsrichter, der Glatzkopf – lebt der etwa doch noch?!« Pepsi zeigte mit steifgefrorenem Finger auf den Fernseher, während die Musik im Restaurant noch lauter wurde, und unter dem Furcht einflößenden Geschepper eines volkstümlichen Tamburins begann mir ein interessanter Gedanke im Kopf herumzugehen: Solange der lebt, fahre ich nicht nach Hause ...

Ende.